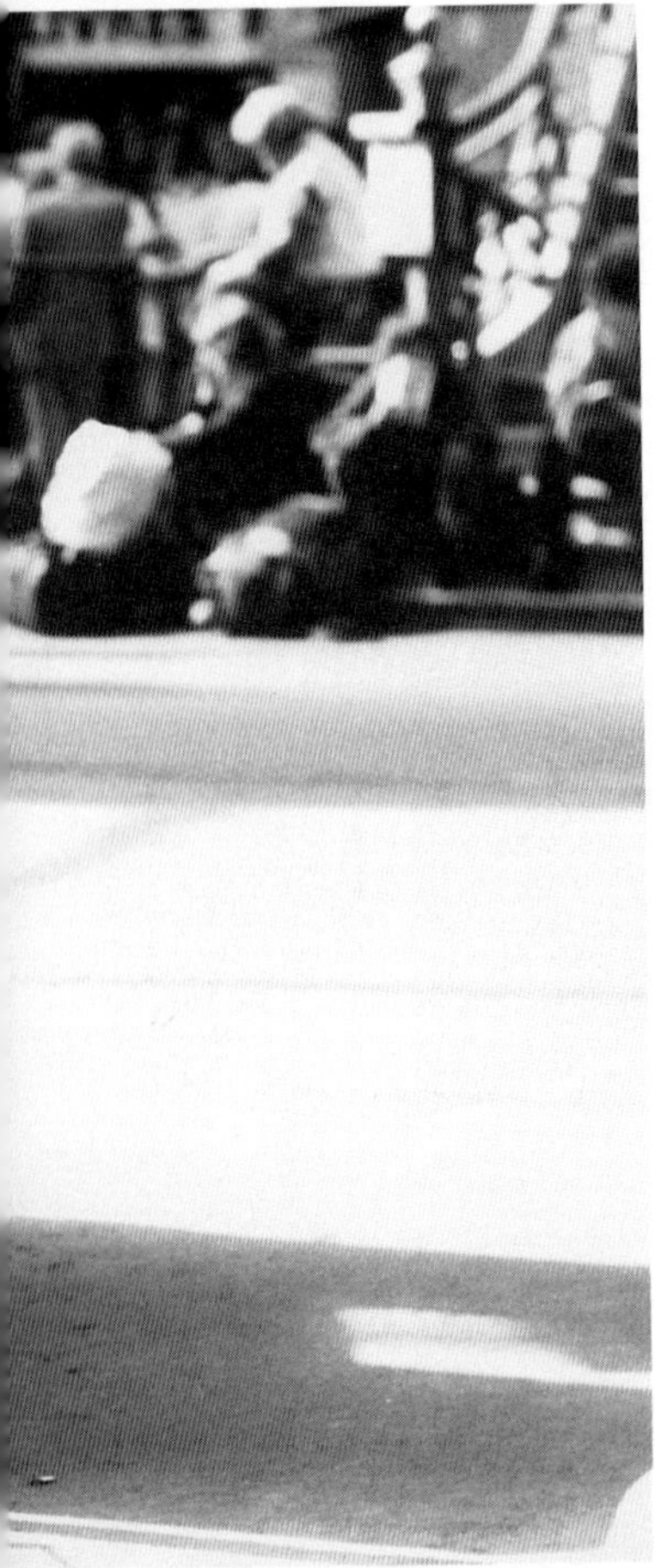

中島みゆき全歌集 1975−1986

中島みゆき

朝日文庫

本書は一九九〇年五月、朝日文庫で刊行された『中島みゆき全歌集』を改題しカバーを刷新した新装版です。

詞を書かせるもの

これらの詞は、すでに私のものではない。

何故ならばその一語一語は、読まれた途端にその持つ意味がすでに読み手の解釈する、解釈できる、解釈したいetc……意味へととって代わられるのだから。

「語」は、コミュニケーションの手段でありつつ、それ自体が人類の共通項でもなければ審判でもない。したがって、これらの詞はすでに私のものではない。

――という言い方もできる。ところが同じ理由によって次のような言い方もできてしまう。

したがって、これらの詞は、ついに私一人のものでしかない……と。

はたまた、次のような言い方も。

したがって、これらの詞は、私のものでさえもない……。

言葉は、危険な玩具であり、あてにならない暗号だ。
その信憑性のなさへの疑心が私に詞を書かせ、
その信憑性のなさへの信心が私に詞を書かせ、
そうこうするうちに詞はやがて私を、己れ自身に対する信憑性の淵へと誘い込んでゆく。
人を斬るための言葉はたやすい。己れを守るための言葉もたやすい。
黙っていても愛し合える自信がないから、もう少しだけ、私はまだ詞を書くつもりでいる。

私に言葉を教えてくれた父と母と、そして師たちへ。
感謝を込めて。

中島みゆき

一九八六年十月

目次

口絵写真・田村 仁
表絵／扉・伊藤鑛治

中島みゆき全歌集 1975−1986

中島みゆき

朝日文庫

本書は一九九〇年五月、朝日文庫で刊行された『中島みゆき全歌集』を改題しカバーを刷新した新装版です。

中島みゆき全歌集 1975—1986

● 1986

最悪

それは星の中を歩き回って帰りついた夜でなくてはならない
けっして雨がコートの中にまで降っていたりしてはならない
それはなんにもないなんにもない部屋の
ドアを開ける夜でなくてはならない
間違ってもラジオのスイッチがつけっ放しだったりしては
間違ってもラジオのスイッチがつけっ放しだったりしてはならない
Brandy Night　あいつのために歌った歌が
Brandy Night　ちょうど流れて来たりしたら
最悪だ

僕はあいつを好きというほどじゃない
あいつは僕を少しも好きじゃない
ゆらゆら揺れるグラスに火をつければロマンティックな音で砕《くだ》けた
なにもかも失くしてもこいつだけはと昨日のようにギターを抱き寄せれば

ジョークの陰にうずめた歌ばかり指より先に歌いだすんだ
ジョークの陰にうずめた歌ばかり指より先に歌い始めるんだ
Brandy Night 踊るあいつのヒールは無邪気
Brandy Night 今夜僕の酔った顔は
最悪だ

Brandy Night 踊るあいつのヒールは無邪気
Brandy Night 今夜僕の酔った顔は
最悪だ

Brandy Night 踊るあいつのヒールは無邪気
Brandy Night 踊るあいつのヒールは無邪気
Brandy Night 今夜僕の酔った顔は
最悪だ

F.O.

どちらから別れるってこじれるのはごめんだな避けたいな　いい子じゃないか
忙しくて用があって会えないから　愛情は変わらないが疎遠になる
自然に消えてゆく恋が二人のためにはいいんじゃないか
こんどきっと tel するよ僕のほうから　じっと待ってばかりないで遊ぶといいよ
コール三度目の暗号はなるべくとらない電話に変わった
男はロマンチスト　憧れを追いかける生き物
女は夢のないことばかり無理に言わせる魔物
僕の望みはフェイドアウト
君の望みはカットアウト
ますます冷める　恋心

好きになった順番は僕が二番目　燃えあがった君についひきずり込まれ
先に言ったわけじゃない愛の言葉　肝心なひとことは極力避けた
ののしり合って終わるのは悲しいことだとわかっておくれ

女にはわからない永遠《とわ》のロマンス　正論はちがいないが夢が足りない
思い出したら十年後にいつでも会える関係がいいな
男はロマンチスト　憧れを追いかける生き物
女は夢のないことばかり無理に言わせる魔物
僕の望みはフェイドアウト
君の望みはカットアウト
ますます冷める　恋心
男はロマンチスト　憧れを追いかける生き物
女は夢のないことばかり無理に言わせる魔物
僕の望みはフェイドアウト
君の望みはカットアウト
ますます冷める　恋心

毒をんな

噂は案外当たってるかもしれない
女の六感は当たってるかもしれない
おひとよしの男だけがあたしに抱き盗《と》られている
子供の瞳が怯えている
子犬のしっぽが見抜いている
自信に満ちた男だけがあたしにまきあげられてる
酒場からの手紙は届きはしない
あんたのもとへは届かない
助けてくださいとレースペーパーに千回血で書いた手紙
この人間たちの吹きだまりには
蓮の花も咲きはせぬ
この人間たちの吹きだまりには
毒のをんなが咲くばかり

未明の埠頭を歩いたよね手も握らずに歩いたよね
あの日のあたしはいなくなったたぶん死んでしまった
嚙みつかれたら嚙み返すよ
踏みつけられたら足をすくうよ
そうならなけりゃ誰があたしを守ってくれるというの
酒場からの手紙は届きはしない
あんたのもとへは届かない
助けてくださいとレースペーパーに千回血で書いた手紙
この人間たちの吹きだまりには
蓮の花も咲きはせぬ
この人間たちの吹きだまりには
毒のをんなが咲くばかり

ここから出ようと誘いをありがとう
男の親切はとっくに手遅れ
目を醒ませよと殴るよりも金を払って帰っておくれ
扉の陰に見張りがいるよ

あんたとあたしを盗聴してるよ
愛してません他人でしたこれがあたしの愛の言葉
酒場からの手紙は届きはしない
あんたのもとへは届かない
助けてくださいとレースペーパーに千回血で書いた手紙
この人間たちの吹きだまりには
蓮の花も咲きはせぬ
この人間たちの吹きだまりには
毒のをんなが咲くばかり
この人間たちの吹きだまりには
蓮の花も咲きはせぬ
この人間たちの吹きだまりには
毒のをんなが咲くばかり

シーサイド・コーポラス

コーポラスなんて名前をつけたら
本物のコーポラスが裸足で逃げそうな
シーサイド・コーポラス　小ねずみ駈け抜ける
港はいつも魚の脂の匂い
いじめっ小僧はいつも一人きりで遊ぶのが嫌い
昼寝犬に石をぶつけて　吠えたてられても
シーサイド・コーポラス　小ねずみ駈け抜ける
港はいつも魚の脂の匂い

蒸気船一つ片付け終わらない
大きな白い船はおやすみのあと
蒸気船一つ片付け終わらない
おかみさん夕暮れに子供らを呼ぶ
潮の匂いはいつも　そう、海べりよりも海よりも
飲み屋小路の軒先につかまっているもの

シーサイド・コーポラス　小ねずみ駈け抜ける
港はいつも魚の脂の匂い

やまねこ

女に生まれて喜んでくれたのは
菓子屋とドレス屋と女衒《ぜげん》と女たらし
嵐あけの如月《きさらぎ》壁の割れた産室
生まれ落ちて最初に聞いた声は落胆の溜息だった
傷つけるための爪だけが
抜けない棘《とげ》のように光る
天《そら》からもらった贈り物が
この爪だけなんて　この爪だけなんて

傷つけ合うのがわかりきっているのに
離れて暮らせない残酷な恋心
ためにならぬあばずれ危険すぎるやまねこ
一秒油断しただけで
さみしがって他《ほか》へ走る薄情な女《やつ》
手なずけるゲームが流行ってる
冷たいゲームが流行ってる
よそを向かないで抱きしめて
瞳をそらしたら　きっと傷つけてしまう

ああ　誰を探してさまよってきたの
ああ　めぐり逢えても
傷つけずに愛せなくて愛したくて怯えている夜
傷つけるための爪だけが
抜けない棘のように光る
天からもらった贈り物が

この爪だけなんて　この爪だけなんて
手なずけるゲームが流行ってる
冷たいゲームが流行ってる
よそを向かないで抱きしめて
瞳をそらしたら　きっと傷つけてしまう

傷つけるための爪だけが
抜けない棘のように光る
天からもらった贈り物が
この爪だけなんて　この爪だけなんて

手なずけるゲームが流行ってる
冷たいゲームが流行ってる
よそを向かないで抱きしめて
瞳をそらしたら　きっと傷つけてしまう

HALF

はじめてあなたを見かけた時に　誰よりもなつかしい気がしました
遠い昔から知ってたような　とてもなつかしい人に思えて
気のせいでしょうとそれきり忙しく　時は流れてゆく費やす日々
傷つけ傷つく苦《にが》い旅の中で　私あなたのこと思い出したわ
次に生まれて来る時は　めぐり会おうと誓ったね
次に生まれて来る時は　離れないよと誓ったね
なんで遠回りばかりしてきたの
私　誓いを忘れて今日の日まで
私たちは　こうしてさすらいながら
この人生もすれ違ってしまうのですか

誰でもいいほどさみしかったけれど　誰からももらえはしない愛だった
遠い彼方の日誓った約束を　やっと思い出す　でも遅すぎて
寄り添いたくて寄り添いたくて　魂《たましい》の半分が足りなかった

人違いばかりくり返すうちに　見失うばかりの大切な人
次に生まれて来る時は　めぐり会おうと誓ったね
次に生まれて来る時は　離れないよと誓ったね
なんで遠回りばかりしてきたの
私　誓いを忘れて今日の日まで
私たちは　こうしてさすらいながら
この人生もすれ違ってしまうのですか

次に生まれて来る時は　めぐり会おうと誓ったね
次に生まれて来る時は　離れないよと誓ったね
せめて伝えたい　後ろ姿に
私　おぼえていたよと今さらなのに
もう一度誓いなおすことができるなら
この次に生まれて来る時は　きっと

白鳥の歌が聴こえる

海からかぞえて三番目の倉庫では
NO を言わない女に逢える
くずれかかった瀞箱の陰には
夜の数だけ天国が見える
白鳥たちの歌が聴こえて来る
YŌSORO YŌSORO
たぶん笑っているよ

やさしさだけしかあげられるものがない
こんな最後の夜というのに
長く伸ばした髪の毛は冷たい
凍る男をあたためきらぬ
白鳥たちの歌が聴こえて来る
YŌSORO YŌSORO

たぶん笑っているよ
言い残す言葉をくちびるにください
かもめづたいに運んであげる
いとおしい者へ　から元気ひとつ
小さい者へ　笑い話ひとつ
白鳥たちの歌が聴こえて来る
YŌSORO YŌSORO
たぶん笑っているよ
YŌSORO YŌSORO
たぶん笑っているよ

儀式（セレモニー）

セレモニー　指輪を結び合い
セレモニー　涙の海へ投げて
セレモニー　単車の背中から
みつめた　夕陽に　さよなら

ひきずられてゆく　波の中で光る
ガラスたちの折れる　寒い音がする
少し着くずれた　あなたの衿元を
なおしてあげる手を　途中で引きます
あの町へ行ったね　あの海も行ったね
仲間たちに会ったね　いいことばかりだったね
セレモニー　指輪を結び合い
セレモニー　涙の海へ投げて
セレモニー　単車の背中から
みつめた　夕陽に　さよなら

二十四時間の過ぎてゆく早さを

変えようとしていた　夏の日が遠い
危うげな日々の過ぎてゆく早さを
予感してた二人　なおさら急いだ
もしも　私　あなたと　同い年だったなら
もしも　あなた　いつまでも　学生でいられたなら
セレモニー　指輪を結び合い
セレモニー　涙の海へ投げて
セレモニー　単車の背中から
みつめた　夕陽に　さよなら

見返り美人

窓から見おろす真冬の海が
愛は終わりと教えてくれる

壊れたての波のしぶきが
風に追われて胸までせまる
とめてくれるかと背中待ってたわ
靴を拾いながら少し待ったわ
自由　自由　ひどい言葉ね
冷めた女に男が恵む
アヴェ・マリアでも呟きながら
私　別人変わってあげる
見まごうばかり変わってあげる
だって　さみしくて見返りの美人
泣き濡れて　八方美人
だって　さみしくて見返りの美人
泣き濡れて　八方美人

ひと晩泣いたら女は美人
生まれ変わって薄情美人
通る他人《ひと》にしなだれついて

鏡に映るあいつを見るの
聞いてくれるかと噂流したり
気にしてくれるかとわざと荒れたり
いいの いいの 誰でもいいの
あいつでなけりゃ心は砂漠
アヴェ・マリアでも呟きながら
私 別人変わってあげる
見まごうばかり 変わってあげる
だって さみしくて見返りの美人
泣き濡れて 八方美人
だって さみしくて見返りの美人
泣き濡れて 八方美人

アヴェ・マリアでも呟きながら
私 別人変わってあげる
見まごうばかり変わってあげる
だって さみしくて見返りの美人

泣き濡れて　八方美人
だって　さみしくて見返りの美人
泣き濡れて　八方美人

どこにいても

どこにいても　あなたが急に通りかかる偶然を
胸のどこかで　気にかけているの
あなたがまさか　通るはずない
こんな時間　こんな場所　それはわかっているのに
　追いかけるだとか　告げるだとか
　伝えなければ　伝わらない
　わかるけれど　わかるけれど
　迷惑と言われたら　終わりだもの

どこにいても　あなたが急に通りかかる偶然を
それは　気にかけているの

街をゆく人　みんなあなたに　似てるような気もするし
ひとつも似てないとも　思えるわ
聞こえる声　背中のほうで　あなたかもしれないから
荒れた爪　少し悔やむ
元気だと　噂　うれしかった
めげたと　噂　悲しかった
それだけでも　それだけでも
迷惑と言われたら　終わりだけど
あなたが　けしているはずのない　確かすぎる場所がある
泣けてくる　わたしの部屋

あたいの夏休み

短パンをはいた付け焼刃レディたちが
腕を組んでチンピラにぶらさがって歩く
ここは別荘地　盛り場じゃないのよと
レースのカーテンの陰　ささやく声

お金貯めて三日泊まるのが夏休み
週刊誌読んでやって来れば　数珠つなぎ
さめたスープ　放り投げるように　飲まされて
二段ベッドでも　あたいの夏休み

サマーヴァケイション　あたいのために
サマーヴァケイション　夏　ひるがえれ

新聞に載るほど悪いこともなく
賞状をもらうほど　えらいこともなく

そして　ゆっくりと一年は過ぎてゆく
やっと三日もらえるのが　夏休み

貴賓室のドアは金文字の　ＶＩＰ
のぞきこんでつまみ出されてる夏休み
あたいだって町じゃ　捨てたもんじゃないのよと
慣れた酒を飲んで酔う　十把ひとからげ

サマーヴァケイション　あたいのために
サマーヴァケイション　夏　ひるがえれ

だけど　あたいちょっと　この夏は　違うのよね
ゆうべ買った　土産物屋のコースター
安物だけど　自分用じゃないもんね
ちょっとわけありで　今年の夏休み

悲しいのは　ドレスが古くなること

悲しいのは　カレーばかり続くこと
だけど　もっと悲しい事は一人泣き
だから　あたいきっと勝ってる夏休み

サマーヴァケイション　あたいのために
サマーヴァケイション　夏　ひるがえれ
サマーヴァケイション　あたいのために
サマーヴァケイション　夏　ひるがえれ

噂

答えづらいことを無理に訊くから　嘘をついてしまう　ひねくれちまう
ほら　すれ違いざま飛礫《つぶて》のように　堅気女たちの　ひそひそ話

悪いことばかり信じるのね　観たがるのは告白
あなただけは　世界じゅうで　刑事じゃないと言ってよ

外は五月の雨　噂の季節　枝のように少し　あなたが揺れる

噂なんて　きっかけにすぎない
どこかで　この日を待ち望んでたあなたを知ってる
私たちの歌を酒場は歌う　気の毒な男と　猫かぶり女
目撃者は増える　一時間ごと　あなたは気にしだす半時間ごと
何もなかったと言えば疑う心に　火を注ぐ
何かあったとからかえば　ほらやっぱりとうなずくの
外は五月の雨　どこへ行こうか　少し疑ってる男を捨てて

噂なんてきっかけにすぎない
どこかで　この日を待ち望んでたあなたを知ってる
外は五月の雨　どこへ行こうか　疑いたがってる男を捨てて

おだやかな時代

まだ眠っている街を抜けだして
　　　駈け出すスニーカー
おだやかでなけりゃ残れない時代
　　　少し抜けだして
きのう産まれた　けものたち
もう目を開けて　歩きだすよ
駅は部屋のドア

開ければそこから始まるよレールウェイ

少年たちのように

女の胸は春咲く柳　逆らいながら春咲く柳
私は髪を短く切って　少年たちを妬んでいます
二つの答を両手に分けて　季節があなたを困らせている
恋人ですか　サヨナラですか　私について問いつめる

ともだちと答えてはもらえませんか
裸足でじゃれてた　あの日のように
春は咲き　春は行き　人は咲き　人は行く
このままでいられたら　嗚呼《ああ》でもそれは
春は降り　春は降り　せかされて　せかされて

むごい別れになる

少年たちの会話を真似て　荒げたことばをかじってみます
真似したつもりの私の声が　かなしく細くて泣いてます
昨日の国から抜け出るように　日暮れをボールが転がってくる
つま先コツリと受けとめるけど　返せる近さに誰も無い

ともだちと答えてはもらえませんか
兄貴のシャツ着て　さそいに来ても
春は咲き　春は行き　人は咲き　人は行く
このままでいられたら　嗚呼でもそれは
春は降り　春は降り　せかされて　せかされて
むごい別れになる

春は咲き　春は行き　人は咲き　人は行く
このままでいられたら　嗚呼でもそれは
春は降り　春は降り　せかされて　せかされて

むごい別れになる

愛される花愛されぬ花

赤い花ゆれる　愛されてゆれる
愛されて頬そめて　恥じらっている
白い花ゆれる　うつむいてゆれる
愛されることなくて　恥じらっている

あの人が　ただ赤い花を
生まれつき好きならば　それまでだけど
愛される花も　愛されぬ花も
咲いて散る　ひと春に変わりないのに

赤い花枯れる　惜しまれて枯れる
次の春次の春　待ちわびられる
白い花枯れる　音もなく枯れる
風に乗り風に乗り　遠くへ消える

あの人が　ただ赤い花を
忘れられないならば　それまでだけど
愛される花も　愛されぬ花も
咲いて散る　ひと春に変わりないのに

あの人が　ただ赤い花を
生まれつき好きならば　それまでだけど
愛される花も　愛されぬ花も
咲いて散る　ひと春に変わりないのに

1985

つめたい別れ

別れる時には　つめたく別れて　心が残るから
この世も凍ってしまうような言葉　叩きつけて
二人でいたから一人になるのが　こんなに難しい
背中へ上着を着せかけて　涙ふいているわ
何も言わないで　ただ抱きしめて
何も言わないで　ただ見つめて

あなたが探していたのは　私の今夜の愛じゃなく
だれかを愛していた頃の　キラキラ光るあなた
私が探していたのは　私の愛する人じゃなく
私を愛してくれる人　そうよ　おあいこなの
何も言わないで　ただ抱きしめて
何も言わないで　ただ見つめて
それで　それで　思い出にできる

それで　それで　泣かずにすむ
Forget me Forget me　忘れ捨ててね
Forget me Forget me　探さないで
Forget me Forget me　忘れ捨ててね
Forget me Forget me　探さないで

極楽通りへいらっしゃい

何処からきたのってあたしが訊いたら　馴れたふりして答えてね
昨日住んでた場所なんて訊いてないわ　今夜の気分で答えてね
泣きだしそうなあんたのためには　暗い灯りと堅い椅子
ヤケになりそうなあんたのためには　赤い灯りとやばい服
うつむく首すじ手をかけて　幸せ不幸せ混ぜてあげる

今夜はようこそ　ここは極楽通り
今夜はようこそ　ここは極楽通り

汗が染みたの涙こぼしたの　濡れた上着を脱ぎなさい
あたし誰かのふりしてあげようか　お酒なしでも泣けるでしょ
今日は何回頭下げたの　ひとからバカだって言われたの
殴り返したい気持ちを貯めて　あたしを笑いにきたんでしょ
うつむく首すじ手をかけて　幸せ不幸せ混ぜてあげる
今夜はようこそ　ここは極楽通り
今夜はようこそ　ここは極楽通り
今夜はようこそ　ここは極楽通り

あしたバーボンハウスで

あしたバーボンハウスで幻と待ち合わせ
ひどい雨ですねひとつどうですかどこかで会いましたね
古いバーボンハウスで幻を待ちぼうけ
遅いねもう一杯まだかねもう一杯 斯くして店は繁盛る
誰に会いたいですか手品使いが訊く
可哀想ね目くばせひとつ 踊り娘《こ》生き写し

あしたバーボンハウスは置き去りの夜の群れ
硝子戸をチラリ電話機をチラリ見ないふりで見守る
あしたバーボンハウスはしどけない夜の歌
どこへ行きますか長い旅ですか いいえここでひと晩
誰に会いたいですか手品使いが訊く
可哀想ね目くばせひとつ 踊り娘生き写し

あしたバーボンハウスで
あしたバーボンハウスで

熱病

僕たちは熱病だった　ありもしない夢を見ていた
大人だったり子供だったり男だったり女になったり
僕たちは熱病だった　曲がりくねった道を見ていた
見ない聞かない言えないことで胸がふくれてはちきれそうだった
でも　Ha Ha Ha　春は扉の外で
でも　Ha Ha Ha　春は誘いをかける
教えて教えて　秘密を教えて　いっそ熱病

僕たちは熱病だった　知恵が身につく寸前だった
熱の中でみんな白紙のテスト用紙で空を飛んでいた
僕たちは氷の海へ　上着のままで飛び込んでいた
ずるくなって腐りきるより阿呆のままで昇天したかった
でも　Ha Ha Ha　春は扉の外で
でも　Ha Ha Ha　春は誘いをかける

教えて教えて　秘密を教えて　いっそ熱病
でも　Ha Ha Ha　春は扉の外で
でも　Ha Ha Ha　春は誘いをかける
教えて教えて　秘密を教えて　いっそ熱病

それ以上言わないで

自分でなんか言えないことを　貴方《あなた》自分で知ってたくせに
なにか言わなきゃならないような　しずかな海になぜ来たの
少し私が寒そうにすると　貴方いつしか無意識のうち
上着を脱いではおってくれる　よけいさみしい温もりね
波に洗われて足跡が消えてゆく　貴方の中から私が消えてゆく
君は強い人だからいいね一人でも

だけど僕のあの娘は
……それ以上言わないで

わざと貴方が眠っている時に　迎えにきてよと tel かけたわね
わがままだから愛しているよ　はしゃいだ日々がよみがえる
憎み合っての別れじゃなかったと　明日みんなに言わなきゃね
昔　貴方を愛した時も　だれかこうして泣いたのかしら
波に洗われて足跡が消えてゆく　貴方の中から私が消えてゆく
君は強い人だからいいね一人でも
だけど僕のあの娘は
……それ以上言わないで

もしも私に勇気があれば　ここで貴方を殺したかった
あの娘にあげる心はあげる　せめて私に命をほしい
波に洗われて足跡が消えてゆく　貴方の中から私が消えてゆく
君は強い人だからいいね一人でも
だけど僕のあの娘は

……それ以上　言わないで

月の赤ん坊

閉ざしておいた窖の窓をすり抜け
子守歌が流れてる
裸足のままで蒼い窓辺に立てば
折れそうな三日月
だれが歌っているのだれが叫んでいるの
なんでもないよと答えた日からひとりになったの
笑顔のままで蒼ざめきった月は
今にも折れそう

大人になんか僕はなりたくないと

だれかを責めた時から
子供はきっとひとつ覚えてしまう
大人のやりくち
君はいくつになるの明日いくつになるの
恐いもの何もないと言えたら大人と呼ぼうね
子供はいつもそれと知らないうちに
大人に変わるよ

だれが歌っているのだれが叫んでいるの
なんでもないよと答えた日からひとりになったの
夜になるたび月は子供に帰り
ひとりを恐がる
夜になるたび月は子供に帰り
ひとりを恐がる

忘れてはいけない

忘れてはいけないことが必ずある
口に出すことができない人生でも
忘れてはいけないことが必ずある
口に出すことができない人生でも

許さないと叫ぶ野良犬の声を
踏み砕いて走る車輪の音がする
認めないと叫ぶ少女の声は細い
いなかったも同じ少女の声は細い
でも忘れてはいけないことが必ずある
口に出すことができない人生でも
忘れてはいけないことが必ずある
口に出すことができない人生でも

泥だらけのクエッションマーク心の中にひとつ
なまぬるい指でなだめられて消える
争わないように嫌われないように
歌う歌はキャンディソングだけどだけどだけど
忘れてはいけないことが必ずある
口に出すことができない人生でも
忘れてはいけないことが必ずある
口に出すことができない人生でも

ショウ・タイム

日本中このごろ静かだと思います
日本中秘かに計画してます
なにも変わりありませんなにも不足ありません

たまに虚像の世界を翔びたいだけ
日本中望みをあからさまにして
日本中傷つき挫けた日がある
だから話したがらないだれも話したがらない
たまに虚像の世界を翔びたいだけ
いまやニュースはショウ・タイム
いまや総理はスーパースター
カメラ回ればショウ・タイム
通行人も新人スター
Watch & enjoy　チャンネル切れば別世界

人が増えすぎて区別がつきません
みんなモンゴリアン区別がつきません
私特技はハイジャンプ私苦手は孤独
たまに虚像の世界を翔びたいだけ
決まりきった演説偉いさんの演説
揺れるジェネレイションイライラの季節

息が詰まりそうな地味な暮らしが続く
いいじゃないの憧れてもすてきなショウ・タイム
いまやニュースはショウ・タイム
乗っ取り犯もスーパースター
カメラ回ればショウ・タイム
私なりたいスーパースター
Watch & enjoy　チャンネル切れば別世界

ノスタルジア

いい人にだけめぐり会ったわ　騙されたことがない
いい男いい別れそしてついにこのザマね
皮の鞄のケースワーカー　くれるなら愛を頂戴
埃まみれの質屋から　御伽噺《おとぎばなし》を出して頂戴

ノスタルジア　ノスタルジア抱きしめてほしいのに
ノスタルジア　ノスタルジア思い出に帰れない
ノスタルジア　ノスタルジア何処まで一人旅

泣いてないわ悔やまないわ　もう一杯お酒頂戴
嘆かないわ愚痴らないわ　もう一本タバコ頂戴
次のバスから降りて来る人　もう一人待たせてね
泥のしずくを流すワイパー　もう一人待たせてね
ノスタルジア　ノスタルジア抱きしめてほしいのに
ノスタルジア　ノスタルジア思い出に帰れない
ノスタルジア　ノスタルジア何処まで一人旅

傷ついてもつまずいても過ぎ去れば物語
人は誰も過ぎた日々に弁護士をつけたがる
裁かないでね叱らないでね思い出は物語
私どんな人のことも天使だったと言うわ
ノスタルジア　ノスタルジア抱きしめてほしいのに

ノスタルジア　ノスタルジア思い出に帰れない
ノスタルジア　ノスタルジア何処まで一人旅

肩に降る雨

肩に降る雨の冷たさも気づかぬまま歩き続けてた
肩に降る雨の冷たさにまだ生きてた自分を見つけた
あの人なしでは一秒でも生きてはゆけないと思ってた
あの人がくれた冷たさは薬の白さよりなお寒い

遠くまたたく光は遙《はる》かに私を忘れて流れてゆく流れてゆく

幾日歩いた線路沿いは行方を捨てた闇の道

なのに夜深く夢の底で耳に入る雨を厭うのは何故

肩に降る雨の冷たさは生きろと叫ぶ誰かの声
肩に降る雨の冷たさは生きたいと迷う自分の声

肩に降る雨の冷たさも気づかぬまま歩き続けてた
肩に降る雨の冷たさにまだ生きてた自分を見つけた

孤独の肖像

みんなひとりぼっち　海の底にいるみたい
だからだれか　どうぞ上手な嘘をついて
いつも僕が側にいると　夢のように囁いて
それで私　たぶん少しだけ眠れる

Lonely face　悲しみは　あなたを失くしたことではなく
Lonely face　もう二度と　だれも信じられなくなることよ
どうせみんなひとりぽっち　海の底にいるみたい
だからだれか　どうぞ上手な嘘をついて
いつも僕が側にいると　夢のように囁いて
それで私　たぶん少しだけ眠れる

Lonely face　愛なんて　何処にもないと思えば気楽
Lonely face　はじめから　ないものはつかまえられないわ
どうせみんなひとりぽっち　海の底にいるみたい
だからだれか　どうぞ上手な嘘をついて
いつも僕が側にいると　夢のように囁いて
それで私　たぶん少しだけ眠れる
どうせみんなひとりぽっち　海の底にいるみたい
だからだれか　どうぞ上手な嘘をついて
いつも僕が側にいると　夢のように囁いて

それで私　たぶん少しだけ
隠して心の中　うずめて心の中
もう二度と悲しむのはこりごりよ　暗闇の中へ
隠して心の中　うずめて心の中
もう二度と悲しむのはこりごりよ　暗闇の中へ

消えないわ心の中　消せないわ心の中
手さぐりで歩きだして　もう一度愛をはじめから
消えないわ心の中　消せないわ心の中
手さぐりで歩きだして　もう一度愛をはじめから
消えないわ心の中　消せないわ心の中
手さぐりで歩きだして　もう一度愛をはじめから
消えないわ心の中　消せないわ心の中
手さぐりで歩きだして　もう一度愛をはじめから

100人目の恋人

あきらめてほしければ　嚇したらどうかしら
私の昔の恋人を　ならべたてるのね
あなたには初めてで　私には100人目
だから私に手をひけと　言うのは甘いわね
運命がひとりずつ　小指同士を結んで
いるならば　はじめから目に見えればいいのに
あなたかもしれないし　私かもしれない
身のほど知らずだけど私　あの人はゆずれない

汚ない手　使うのはやめてって　どういう意味
私は何も惜しまずに　愛しているだけよ
続かないたちだから　100人もとり替えて
もう飽きた頃でしょうとは　言ってくれるじゃない
冗談で恋をして　遊んでこれたなら

私だってもう少し　自信がついてたわ
あなたかもしれないし　私かもしれない
身のほど知らずだけど私　あの人はゆずれない

冗談で恋をして　遊んでこれたなら
私だってもう少し　自信がついてたわ
あなたかもしれないし　私かもしれない
身のほど知らずだけど私　あの人はゆずれない

ロンリー・カナリア

若さにはアクセルだけで　ブレーキがついてないと
少しつらそうに　呟くあなたの
目を見ると心が痛くなる

若さには罪という文字が似合うと
ため息ついても
あなたはすぐ　私を許すわ
このまま　高速に乗りましょうよ
混んでない　西のほうへ
電話なんて　諦めてよ　手をほどかないで
苦い蜜　かじってみた小鳥みたい
震えてる　Lonely canary

サヨナラを何処で言うか　出会った時に考える
そんな恋じゃないわ　あなたはそうでも
私　明日を数えていない
傷つけるつもりがなくて傷つける
恋はそれ自体
罪なものね　でもやめられない
向こうは雨降りで　街は晴れよ
帰ったら　なんて言うの

困らせると　あなたの目が　さみしく曇る
苦い蜜　かじってみた小鳥みたい
震えてる　Lonely canary
Lonely canary ……

●

1984

僕は青い鳥

僕は青い鳥
今夜もだれか捕まえに来るよ　銀の籠を持ち
僕は青い鳥
だれかの窓辺に歌うよ　銀の籠の中で
幸せを追いかけて　人は変わってゆく
幸せを追いかけて　狩人に変わってく
青い鳥　青い鳥　今夜も迷子

何が見えますか　そこから
僕の命はただの小さな水鏡
夢を追いかけて
今夜もだれか捕まえに来るよ　爪を研いで
幸せになりたくて　人は変わってゆく
幸せを追いかけて　狩人に変わってく

青い鳥　青い鳥　それは自分なのに
青い鳥　青い鳥　今夜も迷子

幸福論

今夜泣いてる人は　僕一人ではないはずだ
悲しいことの記憶は　この星の裏表　溢れるはずだ
他人の笑顔が悔しい　他人の笑顔が悔しい
そんなことばが心を飛び出して飛び出して走り出しそうだ
笑顔になるなら　見えない所にいてよ
妬ましくて貴方を憎みかけるから
プラスマイナス他人の悲しみをそっと喜んでいないか
闇が回っているよ　星を回っているよ
嗚咽を拾い集めてふくらんでふくらんで堕落してゆくよ

薄い扉を隔てて　国境線を隔てて
泣いてる時はみんな　ひとりずつひとりずつ膝を抱くのだね
孤独が恐けりゃ誰にも会わないことね
いい人に見えるのは　他人だからよね
生まれたばかりの子供は欲の塊　叱られそうな説ね

プラスマイナス幸せの在庫はいくつ
誰が泣いて暮らせば僕は笑うだろう
プラスマイナス他人の悲しみをそっと喜んでいないか

生まれた時から

生まれた時から飲んでたと思うほど
あんたが素面《しらふ》でいるのを　あたしは見たことがない

あたしの気持ちを気づかない仲間から
昔のあんたの姿を　悪気もなく聞かされた
あの娘と別れて荒れてたあの頃と
今でも同じだと　まだ悲しいんだねと
飲んででもいなければ悲しみは眠らない
あの娘の魅力のおこぼれで　夢を見た

生まれた時から好かれたことがない
冴えないあたしに聞かせた浴びるような恋の歌
あたし嬉しかった　好かれたかと思った
あんたは本気の時には　あの娘にゃ素面だってね
いまさら嫌いに変われるはずもなし
聞かなかったふりして　もろともに飲んだくれ
飲んででもいなければ悲しみは眠らない
あの娘の魅力のおこぼれで　夢を見た
飲んででもいなければ悲しみは眠らない

あの娘の魅力のおこぼれで　夢を見た

彼女によろしく

あと幾日生きられるか　生命線に尋ねてみても
昨日死んだ若い人の掌は長生き示してた
明日が見えなくて良かったわ
だからあなた信じられたもの
時計は二度と回らない
God　bless　you　彼女によろしく

いつか行ってみたいけれどたぶん無理だなと　そらしたのは
忙しいと受けとめてた　そういう意味じゃなかったんだね
一人で行きます外《と》つ国へ

子供じゃあるまいし何処へでも
時計は二度と回らない
God bless you　彼女によろしく

仕事をしていて良かったわ
愛どころじゃないふりができる
時計は二度と回らない
God bless you　彼女によろしく

私が彼女に見えるほど
酔った時だけ言えたね愛を
時計は二度と回らない
God bless you　彼女によろしく
God bless you　彼女によろしく

不良

楽しいですか恋人たち　寂しいですか恋人たち
もう少し楽なことばで話しませんか
裸で夜の海に浮けば　間違いだった数が解ける
一たす一は今夜も一にはなれないね
遠くて男　寒くて女
抱きしめているのにさ　腕の中の他人
あたしにも　幸せをまわしてよ
少しだけ　幸せをまわしてよ

わけなど何もなくても不良　女はすぐに転がる不良
だれかを好きになるたび　仔猫に逆戻り
男一度はなりたい不良　永くは呼ばれたくない不良
帰りの道の切符は今夜も捨てないね
遠くて男　寒くて女

抱きしめているのにさ　腕の中の他人
あたしにも　幸せをまわしてよ
少しだけ　幸せをまわしてよ

遠くて男　寒くて女
抱きしめているのにさ　腕の中の他人
あたしにも　幸せをまわしてよ
少しだけ　幸せをまわしてよ

シニカル・ムーン

ふたり歩くのが似合いそうな春の夜は四月
すこし肌寒いくらいの風が寄り添いやすい
月並みな愛は古すぎる　突然な愛は気障すぎる

言いたいことばだけ言わせないつもりか
皮肉な流し目
シニカル・ムーン　シニカル・ムーン
わかったような月が心をのぞく春は
シニカル・ムーン　シニカル・ムーン
ふたりは十年先を怯えてしまう

肩にまわした指に積もる花びらひんやり
すこし薄着のうなじの上　髪の先が逃げる
好きだと言えば不安になる　言われていなきゃ不安になる
言えないことから伝わってしまう
皮肉なものだね
シニカル・ムーン　シニカル・ムーン
わかったような月が心を照らす春は
シニカル・ムーン　シニカル・ムーン
無邪気だったおまえの寝顔が好きだ

シニカル・ムーン　シニカル・ムーン
わかったような月が心をのぞく春は
シニカル・ムーン　シニカル・ムーン
ふたりは十年先を怯えてしまう

春までなんぼ

私のことを嫌いな人が
私を好きなふりしてだます
わかっていても信じてしまう
一パーセント信じてしまう
面白ければ　愛しなさいね
束の間限り　愛しなさいね
それでも私　信じてしまう

残り九十九の疑い　殺す
春までなんぼ　春までなんぼ
私の身体《からだ》であとまだいくつ
春までなんぼ

いらない鳥を逃がしてあげた
逃がしてすぐに　野良猫喰べた
自由の歌が親切顔で
そういうふうに誰かを喰べる
春までなんぼ　春までなんぼ
私の身体であとまだいくつ
春までなんぼ

真面目にやってりゃ　いつかは芽が出る？
諦めなければ　必ず芽が出る？
私の夢は大きくはない
春来い早く　生きてるうちに

春までなんぼ　春までなんぼ
私の身体であとまだいくつ
春までなんぼ

僕たちの将来

あたしたち多分　大丈夫よね
フォークにスパゲティを巻きつけながら彼女は訊く
大丈夫じゃない訳って何さ
ナイフに急に力を入れて彼はことばを切る
ここは二十四時間レストラン
危いことばをビールで飲み込んだら
さっき抱き合った宿の名前でも　もう一度むし返そうか
僕たちの将来はめくるめく閃光の中

僕たちの将来は良くなってゆく筈だね

電話すると周りで聞いてる
友達のいない時はいつなのって彼女は訊く
電話してもいつもいない
君の休みの曜日を変えちまえよと彼は言う
あたしも都合が　おいらも都合が
危いことばをビールで飲み込んだら
君がとび込んで来てくれた夜の　話をむし返そうか
僕たちの将来はめくるめく閃光の中
僕たちの将来は良くなってゆく筈だね

青の濃すぎるTVの中では
まことしやかに暑い国の戦争が語られる
僕は　見知らぬ海の向こうの話よりも
この切れないステーキに腹を立てる

はじめまして

新しい服を着る　季節のように
今来た道を　忘れてしまう
枯れた枝　落とすように
悲しい人を　他人のように忘れてしまう
はじめまして　明日
はじめまして　明日
あんたと一度　つきあわせてよ

シカタナイ　シカタナイ　そんなことばを
覚えるために　生まれて来たの
少しだけ　少しだけ　私のことを
愛せる人もいると思いたい
はじめまして　明日
はじめまして　明日

あんたと一度　つきあわせてよ
はじめまして　明日
はじめまして　明日
あんたと一度　つきあわせてよ
はじめまして　明日
はじめまして　明日
あんたと一度　つきあわせてよ

最愛

メッセージを　お願いします
今　出てゆく　あの船に

二人が乗っています
誇らしそうな　貴方と
愛されても　ふさわしいと思える　きれいな女が
二人が乗っています
果てしない夢を抱いて
ペンを持って　泣いています　わたしは港
二番目に好きな人　三番目に好きな人
その人なりに愛せるでしょう
でも　一番に好きだったのは
わたし誰にも言わないけど　死ぬまで　貴方

彼女がデッキに出て　潮風にそよいでいる
今のうちに　そっと点いて
メッセージランプはブルー
「わたしは他に好きな相手が沢山います
だから　その方を幸せにしてあげてください」
二番目に好きな人　三番目に好きな人

その人なりに愛せるでしょう
でも　一番に好きだったのは
わたし誰にも言わないけど　死ぬまで　貴方

二番目に好きな人　三番目に好きな人
その人なりに愛せるでしょう
でも　一番に好きだったのは
わたし誰にも言わないけど　死ぬまで　貴方
わたし誰にも言わないけど　死ぬまで　貴方

ひとり

もううらみごとなら言うのはやめましょう
あの日出会った思い出も間違いに思えてしまうわ

ねえ出会いのことばを忘れないでいてね
だれかにほめてもらったこと　あれきりのことだもの
時計の針なら戻る　枯れた花でさえも
季節が巡れば戻る
でも私たちの愛は
Good bye Good bye　明日からひとり
どんな寂しい時でも　頼れないのね
Good bye Good bye　慣れてるわひとり
心配なんかしないで　幸せになって

ねぇ歳をとったらもう一度会ってよね
今は心が子供すぎて謝ることもできない
いつか遠い国から長い手紙書いたら
封は切らず隠しておいて　いつか歳をとる日まで
時計の針なら戻る　枯れた花でさえも
季節が巡れば戻る
でも私たちの愛は

Good bye Good bye　明日からひとり
どんな寂しい時でも　頼れないのね
Good bye Good bye　慣れてるわひとり
心配なんかしないで　幸せになって

Good bye Good bye　明日からひとり
どんな寂しい時でも　頼れないのね
Good bye Good bye　慣れてるわひとり
心配なんかしないで　幸せになって

● 1983

カム・フラージュ

悪い噂　隠すために　わたしを呼びださないで
まずい噂　隠すために　わたしを連れ歩かないで
似合いかしら　無難かしら　誰をかばってるの
みつめ合ったふりで　急に言いましょうか
「本気よ」

カム・フラージュ　カム・フラージュ
あなたの心の　どこかには
カム・フラージュ　カム・フラージュ
いつでも　誰かが　暮らしてる
わたしは　あなたの　偽物《にせもの》両思い

みんなが疑うときだけ　わたしを抱き寄せないで
みんなが見ているときだけ　わたしに口づけしないで

甘い言葉ささやくのも　人に聞こえよがし
芝居してるふりで　急に言いましょうか
「本気よ」

カム・フラージュ　カム・フラージュ
あなたの心の　どこかには
カム・フラージュ　カム・フラージュ
いつでも　誰かが　暮らしてる
わたしは　あなたの　偽物《にせもの》両思い

カム・フラージュ　カム・フラージュ
あなたの心の　どこかには
カム・フラージュ　カム・フラージュ
いつでも　誰かが　暮らしてる
わたしは　あなたの　偽物《にせもの》両思い
わたしは　あなたの　偽物《にせもの》両思い

海と宝石

臆病な女を　抱きしめて
蒼ざめたうなじを　あたためて
かもめたち　ぽつりと振り返る
宝石に映った　朝陽を見る

だから　愛してくれますか
私の頬が染まるまで
だから　愛してくれますか
季節を染める風よりも　甘やかに
でも　もしもあなたが困るなら
海にでも　聴かせる話だけど

冷たそうな女が　身について
傷つけることだけ　得意です

臆病な小石の泣き言を
まだ雛のかもめが　咥《くわ》えてゆく

だから　愛してくれますか
私の頬が染まるまで
だから　愛してくれますか
季節を染める風よりも　甘やかに

だから　愛してくれますか
私の頬が染まるまで
だから　愛してくれますか
季節を染める風よりも　甘やかに
でも　もしもあなたが困るなら
海にでも　聴かせる話だけど

あの娘

やさしい名前を　つけたこは
愛されやすいと言うけれど
私を愛してもらうには
百年かけても　まだ早い
よくある名前を　つけたこは
忘られづらいと言うけれど
私を忘れてしまうには
一秒かけても　まだ多い
ゆう子あい子りょう子けい子まち子かずみひろ子まゆみ
似たような名前はいくらもあるのに　私じゃ駄目ネ
奇麗ね可憐ね素直ね比べりゃ　あのこが天使
妬いても泣いてもあのこにゃなれない　私じゃ駄目ネ
あのこの名前を真似たなら

私を愛してくれますか
あのこの口癖真似たなら
私を愛してくれますか
あのこの化粧を真似たなら
私を愛してくれますか
あのこをたとえば殺しても
あなたは私を　愛さない

ゆう子あい子りょう子けい子まち子かずみひろ子まゆみ
似たような名前はいくらもあるのに　私じゃ駄目ネ
奇麗ね可憐ね素直ね比べりゃ　あのこが天使
妬いても泣いてもあのこにゃなれない　また夜が明ける

ゆう子あい子りょう子けい子まち子かずみひろ子まゆみ
似たような名前はいくらもあるのに　私じゃ駄目ネ
奇麗ね可憐ね素直ね比べりゃ　あのこが天使
妬いても泣いてもあのこにゃなれない　私じゃ駄目ネ

波の上

何から何まで　昨日を
忘れてみても
胸の中に残る
おまえの熱い声
昨日の酒を　今日の酒で
流してみても
砂漠の雨のように
おまえに乾いてる
遠いエデン行きの貨物船が出る
帰りそこねたカモメが堕ちる
手も届かない　波の上
懲りもせずに　明日になれば
誰かに惚れて

昨日をくぐり抜けた
顔つきになれるだろう
でも今夜は　少し今夜は
イカレたハート
傍にいてくれるのは
優しすぎる　Tanqueray
遠いエデン行きの貨物船が出る
帰りそこねたカモメが堕ちる
手も届かない　波の上
遠いエデン行きの貨物船が出る
帰りそこねたカモメが堕ちる
手も届かない　波の上

比呂魅卿の犯罪

供述一
「いいえ
……はじめは　そんなつもりは　ありませんでした。
そうです　あの日は　ちょうど
偶然です　雨が降ってきて。
それで僕は……
ええ　彼女を……
いいえ……そうかも……しれません」

怯えてるの　隠れてるの　忘れたいの　まだ
出会いが罪　別れが罪　知らず知らずに罪
怯えないで　隠れないで　忘れないよ　My Heart
あなたが好き　明日も好き　別れても　なおさらに

バラの庭　歩いて　迷ったのは　あなたさ
小雨に誘われて
僕は眠るつもりで　目を閉じていたのに
おもわず　起こされた
とげにからんだ　絹のドレスが
びりり破れる　細い音がして
だめ　ここへ来てはと　どこ　ふるえてる声
小雨が　強くなる
でも　戸を開けてくれなきゃ　よかったわと　小声で
あれが　最初の罪

怯えないで　隠れないで　忘れないよ　My Heart
あなたが好き　明日も好き　別れても　なおさらに

片方　カフスボタンで背中をとめ　帰したおかげで
スキャンダラス
では　どちらが誘ったのかと　人の中　せめられて

あなたは　涙ぐむ
Yes sir,　たしかに　Yes sir,　彼女は
逃げた　けれども僕がつかまえた

供述二
「これで　僕の供述は　全部です。
どうぞ　判決を
ただし
僕は　彼女を　本当に……
どうぞ」

怯えてるの　隠れてるの　忘れたいの　まだ
出会いが罪　別れが罪　知らず知らずに罪
怯えないで　隠れないで　忘れないよ　My Heart
あなたが好き　明日も好き　別れても　なおさらに

美貌《びぼう》の都

笑えよ　ふりかえる男を
笑えよ　淋しがる女を
僕たちは　笑いながら
悲しむ　つがいの嘘つき

平気よ　あなたはどうなの
元気さ　友だちもいるし

この国は　美貌の都
芝居ばかりが　明るい
この国は　美貌の都
言葉ばかりが　明るい
振り向いてみれば
人はみな　泣き笑顔

別れの夜と同じ服で
すげなく逢えれば　上出来さ
僕たちは　テスト飛行
さまよう　つがいの嘘つき

女は　美しく街へ
男は　しかたなく酒へ

この国は　美貌の都
芝居ばかりが　明るい
この国は　美貌の都
言葉ばかりが　明るい
振り向いてみれば
この国は　美貌の都
芝居ばかりが　明るい

この国は　美貌の都
言葉ばかりが　明るい
振り向いてみれば
人はみな　泣き笑顔

SCENE 21・祭り街

君がひるがえすスカートの
哀しい紅さを忘れない
もう二人とも衣装も替わり
なんてことない他人の役だというのに
祭り街は　SCENE 21
愛を気にしない群れの場面さ
カメラマンは何処にいる

もっと陽気に　映してくれ

君が閉じこめた人形と
僕を抜け出した少年が
ほらあの日へ揺れて帰る
涙知らずのセピアの時代で抱き合う
傷つけ合う前の日へ
ジョークのはずみで街が戻るよ
カメラマンをとめてくれ
フィルムの終わりを二度とは見せないでくれ
二度とは　見せないでくれ

踊れ　祭り街は　SCENE 21
愛を気にしない群れの場面さ
失くした物などないと
僕を騙してくれ

この世に二人だけ

あなたの彼女が描いた絵の
載った本をみつけた
やわらかなパステルの色は
そのままにあなたの好みの色

あなたは教えてくれない
私もたずねたくはない
夕暮れの本屋は風まかせ
つらい名前のページをめくる

二人だけ　この世に残し
死に絶えてしまえばいいと
心ならずも願ってしまうけど
それでもあなたは　私を選ばない

クラクションが怒鳴ってゆく
つまずいて私はころぶ
放り出された本を拾いよせ
私はひとり　ひざをはらう

嫌いになどなれるはずない
あなたの愛した女だもの
夕暮れの凩にあおられて
あなたと同じ苗字が　滲む

二人だけ　この世に残し
死に絶えてしまえばいいと
心ならずも願ってしまうけど
それでもあなたは　私を選ばない

二人だけ　この世に残し

死に絶えてしまえばいいと
心ならずも願ってしまうけど
それでもあなたは　私を選ばない

夏土産

今年は友だちと一緒に　海へ行く約束だから
おまえも好きなところへ　友だちと行きなよ。って
嘘。ついてる目つきぐらいわかるけど
でもそれを言っても　時はとまらない
海辺の崖から吹きあげる風にまぎれて
愛を語る名所なのね
あなたが友だちと行く場所は
夏が終わって　とどけられる

夏土産　とどけられる
あなたと同じ場所からの貝殻と
恋人たちの写真

仲間と騒いで来たんだと　嘘はまだ優しさなのね
カメラを忘れていって　なにも撮れなかったって
嘘。とどいた私の友だちからの　この写真の隅に
偶然　写る二人
そうだと思っていたけれど　訊かないように
知らないふりしてきたのは
私　まだあなたが好きだから
夏が終わって　とどけられる
夏土産　とどけられる
あなたと同じ場所からの貝殻と
恋人たちの写真
嘘。とどいた私の友だちからの　この写真の隅に

偶然　写る二人
夏が終わって　とどけられる
夏土産　とどけられる
あなたと同じ場所からの貝殻と
恋人たちの写真

髪を洗う女

かみともにいまして　ゆく道をまもり
かみのまもり　汝が身を離れざれ
泣くにも泣けない　しずかな夜は
灯りもつけずに　しょんぼりと
いつまでいつまで　飽きもせず

女が髪を洗います

煙草の煙を流すため
お酒の香りを流すため
あいつの全てを流すため
いつまでいつまで　飽きもせず
女が髪を洗います

女は薄情なものだから
髪形ひとつで　言葉も変わる
元結ほどけば　崩れるように
髪の毛だけが　泣くのです

煙草の煙が流れない
お酒の香りが流れない
あいつの全てが流れない
ひとりの夜更けは　水音さむく

女が髪を洗います

煙草の煙が流れない
お酒の香りが流れない
あいつの全てが流れない
ひとりの夜更けは　水音さむく
女が髪を洗います

ばいばいどくおぶざべい

次の仕事が決まったんだってね　ロックシンガー
最後に歌っておくれよ　得意だったどくおぶざべい
どんな真昼の空より　明るい明るい歌
おいらの左手　もうダメなんだってさ　どくおぶざべい

イカれちまったんだってさ　どくおぶざべい
幕を引かないでくれ　明かりを消さないでくれ
みんなわかってるから　誰も何も言わないでくれ
ばいばいどくおぶざべい
ばいばいどくおぶざべい

次の土曜の晩にこの店に来てみれば
誰かがきっと歌っているんだろうな　らいかろうりんすとうん
挨拶をきりだすのは　こちらから
誰もおいらを覚えていないだろうな　らいかろうりんすとうん
長居はできないだろう　ろうりんすとうん
みんな変わってしまう　みんな忘れてしまうだろう
だから最後の歌は　空より明るいばいばいどくおぶざべい
ばいばい

ギターが重いぜめちゃくちゃ重いぜ　ロックシンガー
放《ほう》りだしちまいたくなって　丁度いいやどくおぶざべい

イカれたギターがおいらのイカれたこの腕に
溶けるつもりで何かたくらんでいるらしいぜどくおぶざべい
みんな一緒に行っちまえ　ばいばいばい
幕を引かないでくれ　明かりを消さないでくれ
みんなわかってるから　誰も何も言わないでくれ
ばいばいどくおぶざべい
ばいばいどくおぶざべい
ばいばいどくおぶざべい
ばい

誰のせいでもない雨が

誰のせいでもない雨が降っている
しかたのない雨が降っている

黒い枝の先　ぽつりぽつり血のように
りんごが自分の重さで落ちてゆく
誰のせいでもない夜が濡れている
眠らぬ子供が　責められる
そっと通る黒い飛行機があることも
すでに赤子が馴れている
もう誰一人気にしてないよね
早く　月日すべての悲しみを癒《いや》せ
月日すべての悲しみを癒せ

怒りもて石を握った指先は
眠れる赤子をあやし抱き
怒りもて罪を穿った唇は
時の褥に愛を呼ぶ
されど　寒さに痛み呼ぶ片耳は
されど　私の裏切りは
誰のせいでもない雨が降っている

日々の暮らしが降っている
もう誰一人気にしてないよね
早く　月日すべての悲しみを癒せ
月日すべての悲しみを癒せ

船は港を出る前に沈んだと
早すぎる伝令が火を止めにくる
私たちの船は　永く火の海を
沈みきれずに燃えている
きのう滝川と後藤が帰らなかったってね
今ごろ遠かろうね寒かろうね
誰かあたしのあの人を救けてよと
跣《はだし》の女が雨に泣く
もう誰一人気にしてないよね
早く　月日すべての悲しみを癒せ
月日すべての悲しみを癒せ
早く　月日すべての悲しみを癒せ

月日すべての悲しみを癒せ

縁

縁ある人
万里の道を越えて　引き合うもの
縁なき人
顔をあわせ　すべもなくすれ違う

あなたを私は追い回す
私はあなたの毒になる

河よ　教えて泣く前に
この縁は　ありやなしや

あなたを私は追い回す
私はあなたの毒になる

河よ　教えて泣く前に
この縁は　ありやなしや
この縁は　ありやなしや

テキーラを飲みほして

おまえの惚れた　あの女を真似て
使い古しの女っぽさ　あたしも染まってみた
おまえの惚れた　相手が変わるたび
あたしも次々変わったわ　悪魔でも天使でも

六年目ね　待てと言われもせず
今夜聞く風の噂
身を固めるんだってね

テキーラを飲みほして　テキーラを飲みほして
短かった幻の日々に
こちらから　Say Good Bye

おまえの歩く　そのとおりに　Goin' Down
街はいくらでも　おちぶれるやり方の見本市
ふたりで同じ　ひとつ穴のむじな
腐れ縁と呼ばれたかったわ　地獄まで落ちてでも

六年目ね　待てと言われもせず
今夜聞く風の噂
身を固めるんだってね

テキーラを飲みほして　テキーラを飲みほして
短かった幻の日々に
こちらから　Say Good Bye
テキーラを飲みほして　テキーラを飲みほして
短かった幻の日々に
こちらから　Say Good Bye

金魚

一匹も　すくえなかったね
ほんとうに要領が悪いんだから
浮いてきたところ　すくわなきゃ

ほらシャツの袖が水びたし
きらりひらりきらりひらり
人生が身をかわす
きらりひらり
幸せが逃げる

でも嬉しいみたい
すくえなかったことが
どうせ飼えないものね
旅暮らし

ファイト！

あたし中卒やからね　仕事をもらわれへんのやと書いた
女の子の手紙の文字は　とがりながらふるえている
ガキのくせにと頰を打たれ　少年たちの眼が年をとる
悔しさを握りしめすぎた　こぶしの中　爪が突き刺さる

私、本当は目撃したんです　昨日電車の駅、階段で
ころがり落ちた子供と　つきとばした女のうす笑い
私、驚いてしまって　助けもせず叫びもしなかった
ただ恐くて逃げました　私の敵は　私です

ファイト！　闘う君の唄を
闘わない奴等が笑うだろう
ファイト！　冷たい水の中を
ふるえながらのぼってゆけ

暗い水の流れに打たれながら　魚たちのぼってゆく
光ってるのは傷ついてはがれかけた鱗が揺れるから

いっそ水の流れに身を任せ　流れ落ちてしまえば楽なのにね
やせこけて　そんなにやせこけて魚たちのぼってゆく

勝つか負けるかそれはわからない　それでもとにかく闘いの
出場通知を抱きしめて　あいつは海になりました

ファイト！　闘う君の唄を
闘わない奴等が笑うだろう
ファイト！　冷たい水の中を
ふるえながらのぼってゆけ

薄情もんが田舎の町にあと足で砂ばかけるって言われてさ
出てくならおまえの身内も住めんようにしちゃるって言われてさ
うっかり燃やしたことにしてやっぱり燃やせんかったこの切符
あんたに送るけん持っとってよ　滲んだ文字　東京ゆき

ファイト！　闘う君の唄を

闘わない奴等が笑うだろう
ファイト！　冷たい水の中を
ふるえながらのぼってゆけ

あたし男だったらよかったわ　力ずくで男の思うままに
ならずにすんだかもしれないだけ　あたし男に生まれればよかったわ

ああ　小魚たちの群れきらきらと　海の中の国境を越えてゆく
諦めという名の鎖を　身をよじってほどいてゆく

ファイト！　闘う君の唄を
闘わない奴等が笑うだろう
ファイト！　冷たい水の中を
ふるえながらのぼってゆけ

ファイト！　闘う君の唄を
闘わない奴等が笑うだろう

ファイト！　冷たい水の中を
ふるえながらのぼってゆけ

ファイト！

春なのに

卒業だけが　理由でしょうか
会えなくなるねと　右手を出して
さみしくなるよ　それだけですか
むこうで友だち　呼んでますね
流れる季節たちを　微笑みで
送りたいけれど
春なのに　お別れですか

春なのに　涙がこぼれます
春なのに　春なのに
ため息　またひとつ

卒業しても　白い喫茶店
今までどおりに　会えますねと
君の話は　なんだったのと
きかれるまでは　言う気でした
記念にください　ボタンをひとつ
青い空に　捨てます
春なのに　お別れですか
春なのに　涙がこぼれます
春なのに　春なのに
ため息　またひとつ
記念にください　ボタンをひとつ
青い空に捨てます

春なのに　お別れですか
春なのに　涙がこぼれます
春なのに　春なのに
ため息　またひとつ

●
1982

横恋慕

わるいけど　そこで眠ってるひとを
起してほしいの　急いでるの
話があるの
夜更けでごめんね　泣いててごめんね
みじかい話よ　すぐにすむわ
さよなら　あなた

ねてるふりで　話は聞こえてるはずよ
ためしに彼女
耳から受話器を　遠ざけてみてよ
夜明け前のバスで　あなたの住む町へ
着くわと告げれば
おどろく　あなたの背中　見える

うそです　ごめんね　じゃまして　ごめんね
これっきりでよすわ　一度いうわ
好きです　あなた

明日から私　真夜中の国へ
朝陽が見えても　人がいても
さむい真夜中
終わった恋なら　なかったようなもの
止め金のとれた　ブローチひとつ
捨てるしかない

長い髪を　三つ編みにしていた頃に
めぐり逢えればよかった
彼女より　もう少し早く
たぶん　だめね
それでも　時の流れさえ　見放す
私の思いを

伝えてから　消えたい

夜更けでごめんね　泣いててごめんね
これっきりでよすわ　一度いうわ
好きです　あなた

長い髪を　三つ編みにしていた頃に
めぐり逢えればよかった
彼女より　もう少し早く
たぶん　だめね
それでも　時の流れさえ　見放す
私の思いを
伝えてから　消えたい

夜更けでごめんね　泣いててごめんね
これっきりでよすわ　一度いうわ
好きです　あなた

忘れな草をもう一度

ふいに聞いた噂によれば
町はそろそろ　春のようです
君のいない　広い荒野は
いつも　今でも　冬というのに
君の町は　晴れていますか
花の種は　育ちましたか
僕はここで　生きてゆきます
未練な手紙になりました
忘れな草　もう一度　ふるえてよ
あの人の思い出を　抱きしめて
忘れな草　もう一度　ふるえてよ
あの人の　夢にとどけ

春や夏や秋が　あるのは

しあわせ行きの　駅の客です
君を乗せた　最後の汽車が
消えた荒野は　長い冬です
君は今も　咲いていますか
誰のために　咲いていますか
僕はここで　生きてゆきます
未練な手紙になりました
忘れな草　もう一度　ふるえてよ
あの人の思い出を　抱きしめて
忘れな草　もう一度　ふるえてよ
あの人の　夢にとどけ

君は今も　咲いていますか
誰のために　咲いていますか
僕はここで　生きてゆきます
未練な手紙になりました
忘れな草　もう一度　ふるえてよ

あの人の思い出を　抱きしめて
忘れな草　もう一度　ふるえてよ
あの人の　夢にとどけ

煙草

煙草をください　あの人に見せたいから
煙草をください　わざとすってみせるから
みつめてください　噂《うわさ》がうまれるように
私が本当は　移り気に見えるように

踊りの輪の中には　あなたとあの娘
溶け合うように
いま煙草の煙が　途切れたすきに

わかってしまう
だれか 私の目を閉じて
何も見ないことにして

煙草をすうたび あなたに嫌われたわね
あの娘は煙草を すわないふりしてるのね
忘れて帰った あなたの煙草をいつか
返せるつもりで みんな湿気《しけ》てしまったわ

煙がつくり出したスクリーンには
幸せ見える
蜃気楼《しんきろう》のように あなたとあの娘
いつまで見える

だれか 私の目を閉じて
何も見ないことにして

煙がつくり出したスクリーンには
幸せ見える
蜃気楼のように　あなたとあの娘
いつまで見える

だれか　私の目を閉じて
何も見ないことにして

誘惑

やさしそうな表情は　女たちの流行
崩れそうな強がりは　男たちの流行
本当のことは　言えない

誰も　口に出せない
黙りあって　黙りあって
ふたり　心は冬の海

悲しみは　爪から
やがて　髪の先まで
天使たちの歌も　忘れてしまう

あなた　鍵《かぎ》を　置いて
私　髪を　解いて
さみしかった　さみしかった
夢のつづきを　始めましょう

ガラスの靴を女は　隠して持っています
紙飛行機を男は　隠して持っています
ロマンティックな　話が
けれど　馴れてないから

黙りあって　黙りあって
寒い心は　夜の中

悲しみを　ひとひら
かじるごとに　子供は
悲しいと言えない　大人に育つ

あなた　鍵を　置いて
私　髪を　解いて
さみしかった　さみしかった
夢のつづきを　始めましょう

悲しみを　ひとひら
かじるごとに　子供は
悲しいと言えない　大人に育つ

あなた　鍵を　置いて

私　髪を　解いて
さみしかった　さみしかった
夢のつづきを　始めましょう

やさしい女

こんな仕事をしているような女だから
だれにでもやさしくすると　思われやすい
こんな服を着ているような女だから
だれとでも仲良くすると　思われやすい

信じてもらえるがらでもないけど
信じてもらえるがらでもないけど
あたしにだって嫌いな奴はいっぱいいる

だけどだれにも嫌いだと言えない
ひとりぼっちが恐《こわ》くって
こんなに笑って　生きてる

こんな夜更けにひとりで歩くくらいだから
だれにでもやさしくすると　思われやすい
生まれつきの髪の癖も夜になびけば
笑いかけて招いていると　思われやすい

信じてもらえるがらでもないけど
信じてもらえるがらでもないけど
あたしにだって嫌いな奴はいっぱいいる
だけどだれにも嫌いだと言えない
ひとりぼっちが恐くって
こんなに笑って　生きてる
ひとりぼっちが恐くって
こんなに笑って　生きてる

傾斜

傾斜10度の坂道を
腰の曲がった老婆が　少しずつのぼってゆく
紫色の風呂敷包みは
また少しまた少し　重くなったようだ
彼女の自慢だった足は
うすい草履の上で　横すべり横すべり
のぼれども　のぼれども
どこへも着きはしない　そんな気がしてくるようだ

冬から春へと坂を降り　夏から夜へと坂を降り
愛から冬へと人づたい
のぼりの傾斜は　けわしくなるばかり

としをとるのはステキなことです　そうじゃないですか

忘れっぽいのはステキなことです　そうじゃないですか
悲しい記憶の数ばかり
飽和の量より増えたなら
忘れるよりほかないじゃありませんか

息が苦しいのは　きっと彼女が
出がけにしめた帯がきつすぎたのだろう
息子が彼女に邪険にするのは
きっと彼女が女房に似ているからだろう
あの子にどれだけやさしくしたかと
思い出すほど　あの子は他人でもない
みせつけがましいと言われて
抜きすぎた白髪の残りは　あと少し

誰かの娘が坂を降り　誰かの女が坂を降り
愛から夜へと人づたい
のぼりの傾斜は　けわしくなるばかり

としをとるのはステキなことです　そうじゃないですか
忘れっぽいのはステキなことです　そうじゃないですか
悲しい記憶の数ばかり
飽和の量より増えたなら
忘れるよりほかないじゃありませんか

冬から春へと坂を降り　夏から夜へと坂を降り
愛から冬へと人づたい
のぼりの傾斜は　けわしくなるばかり

としをとるのはステキなことです　そうじゃないですか
忘れっぽいのはステキなことです　そうじゃないですか
悲しい記憶の数ばかり
飽和の量より増えたなら
忘れるよりほかないじゃありませんか

鳥になって

愛した人の数だけ　愛される人はいない
落ち葉の積もる窓辺はいつも
同じ場所と限るもの
あなたがとうに昔を忘れたと思っていた
窓にうつった私の影は
とても　だれかに似ていた

眠り薬をください　私にも
子供の国へ帰れるくらい
あなたのことも　私のことも
思い出せなくなりたい

流れる心まかせて　波にオールを離せば
悲しいだけの答が見える

すれ違う舟が見える
誰も眠りの中まで　嘘を持ってはゆけない
眠る額に　頬寄せたとき
あなたは彼女を呼んだ

眠り薬をください　私にも
子供の国へ帰れるくらい
私は早く　ここを去りたい
できるなら　鳥になって

眠り薬をください　私にも
子供の国へ帰れるくらい
私は早く　ここを去りたい
できるなら　鳥になって
私は早く　ここを去りたい
できるなら　鳥になって

捨てるほどの愛でいいから

夢でもいいから　嘘でもいいから
どうぞふりむいて　どうぞ気がついて
あの人におくる愛に比べたら
ほんの捨てるほどの愛でいいから

はじめから　どうせこんなことじゃないかと
思っていたわ
べつに涙を流すほどのことじゃない
そうよ　たぶん
愛を交わす人の一人もいない人には
見えなかった　わたしの予感があたりね
でも　気のつくのが遅いわ
それがわたしの悪いところよ　くり返し
一人の浜辺に打ちあげられるだけ

わすれられて
わすれられて　さまよい揺れるだけ

夢でもいいから　嘘でもいいから
どうぞふりむいて　どうぞ気がついて
あの人におくる愛に比べたら
ほんの捨てるほどの愛でいいから

誰にでもやさしくし過ぎるのは
あなたの　軽い癖でも
わたしみたいな者には心にしみる
はじめから　いっそ冷たくされれば
こんな夢も見ないわ
いいえ　それでも愛を待ちわびるかしら
でも　あなたの胸の中は
あの人のためによせる愛で　満たされて
わたしの姿は　波間に消えるだけ

わすれられて
わすれられて　さまよい揺れるだけ

夢でもいいから　嘘でもいいから
どうぞふりむいて　どうぞ気がついて
あの人におくる愛に比べたら
ほんの捨てるほどの愛でいいから

夢でもいいから　嘘でもいいから
どうぞふりむいて　どうぞ気がついて
あの人におくる愛に比べたら
ほんの捨てるほどの愛でいいから

夢でもいいから　嘘でもいいから
どうぞふりむいて　どうぞ

B.G.M.

あなたが留守と　わかっていたから
嘘でつきとめた電話をかける
だれかが出たら　それであきらめる
まちがい電話のふりをして　切るわ

カナリアみたいな声が受話器をひろう
あの人の名前　呼び捨てに
この賭《か》けも　負け　ね

淋しい歌を　歌ってたあなた
だから　ひとりだと　思ってた私
電話の中で聞こえていたのは
あの日に覚えた　なつかしいメロディー

B.G.M. は二人だけのとっておきのメロディー
知らずにいたのは私だけ
いじわるね　みんな
B.G.M. は二人だけのとっておきのメロディー
知らずにいたのは私だけ
いじわるね　みんな

家出

家を出てきてくれないかと
あなたは　いうけれど
私　できればあなたのことを
誰かに褒《ほ》めて欲しかった

何も持たず出て行こうと
あなたは駅で待つ
あなたの他《ほか》はいらないけれど
すこし　さみしかった

夜は浅く
逃げる者には
足跡だらけの　月あかり
比べることが悲しいものも
この世にあるよと　月あかり

親を捨てて君をとると
あなたは誓うのね
できれば私　あなたを産んだ人と
ケンカしたかった
風は走る　風は走る
いま来た道を抱き寄せる

あなたがいればすべてだけれど
それでも　私　ふりかえる

ねえ　もう一度
言葉にしてよ
汽笛に消えぬように
ねえ　もう一度　耳を貸してよ
あなたを　愛してる

夜は浅く
逃げる者には
足跡だらけの　月あかり
ねえ　もう一度　耳を貸してよ
あなたを　愛してる

時刻表

街頭インタヴューに答えて　私やさしい人が好きよと
やさしくなれない女たちは答える
話しかけた若い司会者は　またかとどこかで思いながら
ぞんざいに次の歩行者をつかまえる
街角にたたずむ　ポルノショーの看板持ちは爪を見る

きのう午後9時30分に　そこの交差点を渡ってた
男のアリバイを証明できるかい
あんなに目立ってた酔っぱらい　誰も顔は思い浮かばない
ただ　そいつが迷惑だったことだけしか
たずね人の写真のポスターが　雨に打たれてゆれている
海を見たといっても　テレビの中でだけ
今夜じゅうに行ってこれる海はどこだろう

人の流れの中で　そっと時刻表を見上げる

満員電車で汗をかいて肩をぶつけてるサラリーマン
ため息をつくなら　ほかでついてくれ
君の落としたため息なのか　僕がついたため息だったか
誰も電車の中　わからなくなるから
ほんの短い停電のように　淋しさが伝染する

誰が悪いのかを言いあてて　どうすればいいかを書きたてて
評論家やカウンセラーは米を買う
迷える子羊は彼らほど賢い者はいないと思う
あとをついてさえ行けば　なんとかなると思う
見えることとそれができることは　別ものだよと米を買う

田舎からの手紙は　文字がまた細くなった
今夜じゅうに行ってこれる海はどこだろう
人の流れの中で　そっと時刻表を見上げる

人の流れの中で　そっと時刻表を見上げる

砂の船

誰か　僕を呼ぶ声がする
深い夜の　海の底から
目を　開ければ窓の外には
のぞくように　傾いた月

僕はどこへゆくの　夢を泳ぎ出て
夢を見ない国をたずねて
いま　誰もいない夜の海を
砂の船がゆく

望むものは何ひとつない
さがす人も　誰ひとりない
望むほどに　消える夢です
さがすほどに　逃げる愛です

月は波に揺れて　幾百　幾千
古い熱い夢の数だけ
いま　誰もいない夜の海を
砂の船がゆく

月は波に揺れて　幾百　幾千
古い熱い夢の数だけ
いま　誰もいない夜の海を
砂の船がゆく
いま　誰もいない夜の海を
砂の船がゆく
ただ　誰もいない夜の海を

砂の船が　ゆく

歌姫

淋しいなんて　口に出したら
誰もみんな　うとましくて　逃げ出してゆく
淋しくなんかないと笑えば
淋しい荷物　肩の上でなお重くなる
せめておまえの歌を　安酒で飲みほせば
遠ざかる船のデッキに立つ自分が見える
歌姫　スカートの裾を
歌姫　潮風になげて
夢も哀しみも欲望も　歌い流してくれ

南へ帰る船に遅れた
やせた水夫　ハーモニカを吹き鳴らしてる
砂にまみれた錆《さ》びた玩具に
やせた蝶々　蜜《みつ》をさがし舞いおりている
握りこぶしの中にあるように見せた夢を
遠ざかる誰のために　ふりかざせばいい
歌姫　スカートの裾を
歌姫　潮風になげて
夢も哀しみも欲望も　歌い流してくれ

男はいつも　嘘がうまいね
女よりも子供よりも　嘘がうまいね
女はいつも　嘘が好きだね
昨日よりも明日よりも　嘘がすきだね
せめておまえの歌を安酒で飲みほせば
遠ざかる船のデッキにたたずむ気がする
歌姫　スカートの裾を

歌姫　潮風になげて
夢も哀しみも欲望も　歌い流してくれ

握りこぶしの中にあるように見せた夢を
もう二年　もう十年　忘れすてるまで
歌姫　スカートの裾を
歌姫　潮風になげて
夢も哀しみも欲望も　歌い流してくれ

● 1981

すずめ

別れの話は　陽のあたる
テラスで紅茶を　飲みながら
あなたと私の　一日の
一頁《ページ》を　読むように
別れの話を　する時は
雨降る夜更けに　呼ばないで
あなたと私の　一生が
終わるように　響くから

時計の中に　だれかがいるの
旅立つ仕度の　あなた
今なら汽車に　間に合うかしら
車を　さがしてくるわ
雀　雀　私の心

あなたのそばを　離れたくない
なのに　なのに　ふざけるばかり
雀のように　はしゃいでるばかり

あなたにもらった　パステルの
私の似顔を　捨てたいわ
焼くのはあまりに　つらいから
夜の海に　捨てたいわ

いつものように　手を振りながら
あなたの車が消える
ついでのように　見送りながら
私　いつか走りだす
雀　雀　私の心
あなたのそばを　離れられない
呼んで　呼んで　雀のように
あなたのあとを　追いかけてゆくの

雀　雀　私の心
あなたのそばを　離れられない
呼んで　呼んで　雀のように
あなたのあとを　追いかけてゆくの

悪女

マリコの部屋へ　電話をかけて
男と遊んでる芝居　続けてきたけれど
あの娘《こ》も　わりと忙しいようで
そうそう　つきあわせてもいられない
土曜でなけりゃ映画も早い

ホテルのロビーも　いつまでいられるわけもない
帰れるあての　あなたの部屋も
受話器をはずしたままね　話し中

悪女になるなら　月夜はおよしよ
素直になりすぎる
隠しておいた言葉が　ほろり
こぼれてしまう　イカナイデ
悪女になるなら
裸足《はだし》で夜明けの電車で泣いてから
涙　ぽろぽろぽろぽろ
流れて　涸《か》れてから

女のつけぬ　コロンを買って
深夜の　サ店の鏡で　うなじにつけたなら
夜明けを待って　一番電車
凍えて帰れば　わざと捨てゼリフ

涙も捨てて　情も捨てて
あなたが早く　私に愛想を尽かすまで
あなたの隠す　あの娘《こ》のもとへ
あなたを早く　渡してしまうまで

悪女になるなら　月夜はおよしよ
素直になりすぎる
隠しておいた言葉が　ほろり
こぼれてしまう　イカナイデ
悪女になるなら
裸足で夜明けの電車で泣いてから
涙　ぽろぽろぽろぽろ
流れて　涸れてから

あした天気になれ

何ンにつけ　一応は
絶望的観測をするのが癖です
わかりもしない望みで
明日をのぞいてみたりしないのが癖です

夢もあります　欲もあります
かなうはずなんてないと思います
夢に破れて　あてにはずれて
泣いてばかりじゃ　いやになります
雨が好きです　雨が好きです
あした天気になれ

宝くじを買うときは
当たるはずなどないと言いながら買います

そのくせ誰かがかつて
一等賞をもらった店で　買うんです

はずれたときは　当たり前だと
きかれる前から笑ってみせます
当たり前だと　こんなものさと
思っていなけりゃ泣けてきます
愛が好きです　愛が好きです
あした孤独になれ

夢もあります　欲もあります
かなうはずなんてないと思います
夢に破れて　あてにはずれて
泣いてばかりじゃ　いやになります
雨が好きです　雨が好きです
あした天気に
雨が好きです　雨が好きです

あなたが海を見ているうちに

あなたが海を見ているうちに
私　少しずつ遠くへゆくわ
風が冷たくならないうちに
私もうすぐ　そこは国道

風は夕風　心を抜けて
背中を抜けて　あなたへ帰る
忘れないでね　忘れたいんだ
言えない言葉　背中から背中へ

だれか　車で待ってるみたいな
少し気取った　甘い足どりは
せめて最後の　私のお芝居
どこまで行けば　バスが来るのかしら

遠いうしろで　車の音がすると
あなたが呼んでくれたのかと思って
わざと少しだけ急ぎ足になる
追い越してゆく　ふたりづれフェアレディ

こんな海辺にするんじゃなかった
いいかげんな　街ならよかった

持ったサンダル　わざと落として
もう一度だけ　ふり返りたいけれど
きっとあなたはもういないから
ふり返れない　国道　海づたい

あわせ鏡

グラスの中に自分の背中が　ふいに見える夜は
あわせ鏡を両手で砕く　夢が血を流す
なりたい夢となれる夢とが　本当はちがうことくらい
わかってるから　鏡みるとき芝居してるのよ
つくり笑いとつくり言葉で　あたいドレスを飾るのよ
袖のほつれたシャツは嫌なの　あたい似合うから

鏡よ鏡　あたいは誰になれる
鏡よ鏡　壊れてしまう前に
つくり笑いとつくり言葉で　あたいドレスを飾るのよ
袖のほつれたシャツは嫌なの　あたい似合うから
放《ほう》っておいてと口に出すのは　本当はこわいのよ
でもそう言えば誰か来るのを　あたい知ってるの

明るい顔ができるまでには　クスリたくさん必要よ
大丈夫よって言えるまでには　お酒　必要よ

鏡よ鏡　あたいは誰になれる
鏡よ鏡　壊れてしまう前に
明るい顔ができるまでには　クスリたくさん必要よ
大丈夫よって言えるまでには　お酒　必要よ

鏡よ鏡　あたいは誰になれる
鏡よ鏡　壊れてしまう前に
明るい顔ができるまでには　クスリたくさん必要よ
大丈夫よって言えるまでには　お酒　必要よ

雪

雪　気がつけばいつしか
なぜ　こんな夜に降るの
いま　あの人の命が
永い別れ　私に告げました

あの人が旅立つ前に
私が投げつけたわがままは
いつかつぐなうはずでした
抱いたまま　消えてしまうなんて

雪　気がつけばいつしか
なぜ　こんな夜に降るの
いま　あの人の命が
永い別れ　私に告げました

手をさしのべれば　いつも

そこにいてくれた人が
手をさしのべても　消える
まるで　淡すぎる雪のようです

あの人が教えるとおり
歩いてくはずだった私は
雪で足跡が見えない
立ちすくむ　あなたを呼びながら

手をさしのべれば　いつも
そこにいてくれた人が
手をさしのべても　消える
まるで　淡すぎる雪のようです

あの人が教えるとおり
歩いてくはずだった私は
雪で足跡が見えない

立ちすくむ　あなたを呼びながら
雪　気がつけばいつしか
なぜ　こんな夜に降るの
いま　あの人の命が
永い別れ　私に告げました

バス通り

昔の女をだれかと噂するのなら
辺りの景色に気をつけてからするものよ
まさかすぐ後ろの　ウィンドウのかげで
いま言われている私が
涙を流してすわっていることなんて

あなたは　夢にも思っていないみたいね

バスは雨で遅れてる
店は歌が止まってる
ふっと聞こえる口ぐせも
変わらないみたいね　それがつらいわ

時計をさがして　あなたが店をのぞくまで
私は無理して　笑顔になろうとしてる

古びた時計は今でも昔のように
あなた待ちわびて　十時の歌を歌いだす
小指をすべらせて　ウィンドウをたたく
ねぇ、一年半遅刻よ
あの日はふたりの時計が違ってたのよね
あなたはほんとは待っていてくれたのよね

バスは雨で遅れてる
店は歌が流れだす
雨を片手でよけながら
二人ひとつの上着　かけだしてゆく
ため息みたいな時計の歌を　聴きながら
私は　ガラスの指輪をしずかに落とす

友情

悲しみばかり見えるから
この目をつぶすナイフがほしい
そしたら闇の中から
明日が見えるだろうか

限り知れない痛みの中で
友情だけが　見えるだろうか

企みばかり響くから
この耳ふさぐ海へ帰るよ
言葉を忘れた魚たち
笑えよ私の言葉を
終わり知れない寒さの中で
友情さえも　失っている

この世見据えて笑うほど
冷たい悟りもまだ持てず
この世望んで走るほど
心の荷物は軽くない
救われない魂は
傷ついた自分のことじゃなく
救われない魂は

傷つけ返そうとしている自分だ

一番欲しいものは何ンですか
命賭《か》けても守るものは何ンですか
時代という名の諦《あきら》めが
心という名の橋を呑み込んでゆくよ
道の彼方《かなた》にみかけるものは
すべて獲物か　泥棒ですか

この世見据えて笑うほど
冷たい悟りもまだ持てず
この世望んで走るほど
心の荷物は軽くない
救われない魂は
傷ついた自分のことじゃなく
救われない魂は
傷つけ返そうとしている自分だ

自由に歩いてゆくのならひとりがいい
そのくせ今夜も　ひとの戸口で眠る
頼れるものは　どこにある
頼られるのが嫌いな　獣たち
背中にかくしたナイフの意味を
問わないことが友情だろうか

この世見据えて笑うほど
冷たい悟りもまだ持てず
この世望んで走るほど
心の荷物は軽くない
救われない魂は
傷ついた自分のことじゃなく
救われない魂は
傷つけ返そうとしている自分だ

成人世代

悲しい気持ちを抱きしめて
悲しみ知らないふりをする
笑っているのは泣き顔を
思い出さずに歩くため

寂しい気持ちを抱きしめて
寂しさ知らないふりをする
踊っているのは憐れみを
鎖と共に捨てるため

テレビの歌はいかにもそこに
いかにもありそうなお伽《とぎ》ばなしをうたう
夢やぶれ　いずこへ還る
夢やぶれ　いずこへ還る

隣りを歩いてゆく奴は
だれもが幸せ　のぼり坂
ころんでいるのは自分だけ
だれもが心で　そう思う

大人の隣りを追い越せば
しらけた世代と声がする
子供の隣りを追い越せば
ずるい世代と声がする

電車のポスターはいつでも夢が
手元に届きそうなことばだけ選ぶ
夢やぶれ　いずこへ還る
夢やぶれ　いずこへ還る
夢やぶれ　いずこへ還る

夜曲

街に流れる歌を聴いたら
気づいて　私の声に気づいて
夜にさざめく　灯りの中で
遙《はる》かにみつめつづける瞳《ひとみ》に気づいて

あなたにあてて　私はいつも
歌っているのよ　いつまでも
悲しい歌も　愛《いと》しい歌も
みんなあなたのことを歌っているのよ
街に流れる歌を聴いたら
どこかで少しだけ私を思い出して

月の光が　肩に冷たい夜には
祈りながら歌うのよ

深夜ラジオの　かすかな歌が
あなたの肩を　包みこんでくれるように

あなたは今も　私の夢を
見てくれることがあるかしら
悲しい歌も　愛しい歌も
みんなあなたのことを歌っているのよ
月の光が　肩に冷たい夜には
せめてあなたのそばへ流れたい

街に流れる歌を聴いたら
気づいて　私の声に気づいて
心かくした灯りの中で
死ぬまで　贈りつづける歌を受けとめて

あなたにあてて　私はいつも
歌っているのよ　いつまでも

悲しい歌も　愛しい歌も
みんなあなたのことを歌っているのよ
街に流れる歌を聴いたら
どこかで少しだけ私を思い出して
　　　　思い出して

1980

ひとり上手

私の帰る家は
あなたの声のする街角
冬の雨に打たれて
あなたの足音を　さがすのよ

あなたの帰る家は
私を忘れたい街角
肩を抱いているのは
私と似ていない長い髪

心が街角で泣いている
ひとりはキライだとすねる
ひとり上手と呼ばないで
心だけ連れてゆかないで

私を置いてゆかないで
ひとりが好きなわけじゃないのよ

雨のようにすなおに
あの人と私は流れて
雨のように愛して
サヨナラの海へ流れついた

手紙なんてよしてね
なんども　くり返し　泣くから
電話だけで捨ててね
僕もひとりだよと騙《だま》してね

心が街角で泣いている
ひとりはキライだとすねる
ひとり上手と呼ばないで
心だけ連れてゆかないで

私を置いてゆかないで
ひとりが好きなわけじゃないのよ

ひとり上手と呼ばないで
心だけ連れてゆかないで
私を置いてゆかないで
ひとりが好きなわけじゃないのよ

悲しみに

悲しみに　うちひしがれて
今夜　悲しみに　身をふるわせる
裏切りの足どりが
今夜示す　おまえのドアを

知らずに泣いていればよかった

誰にさえ　なげくあてなく
今夜　誰にさえ　かみついてみる
名を呼べば　ふり返る
友は知らぬ　笑顔をみせて
今夜は　夜に流されそうだ

悲しみは　白い舟
沖をゆく　一隻の舟
今夜は　風に流されそうだ
今夜は　風に流されそうだ

うらみ・ます

うらみますうらみます
あたしやさしくなんかないもの
うらみますいいやつだと
思われなくていいもの

泣いてるのはあたし一人　あんたになんか泣かせない
ふられたての女くらいだましやすいものはないんだってね
あんた誰と賭《か》けていたの　あたしの心はいくらだったの
うらみますうらみます
あんたのこと死ぬまで

雨が降る雨が降る
笑う声のかなたから
雨が降る雨が降る

あんたの顔が見えない

ドアに爪で書いてゆくわ　やさしくされて唯うれしかったと
あんた誰と賭けていたの　あたしの心はいくらだったの
うらみますうらみます
あんたのこと死ぬまで

ふられたての女くらいおとしやすいものはないんだってね
ドアに爪で書いてゆくわ　やさしくされて唯うれしかったと
うらみますうらみます
あんたのこと死ぬまで
うらみますうらみます
あんたのこと死ぬまで

泣きたい夜に

泣きたい夜に一人でいるとなおさらに泣けてくる
泣きたい夜に一人はいけない　誰かのそばにおいで
一人で泣くとなんだか自分だけいけなく見えすぎる
冗談じゃないわ世の中誰も皆同じくらい悪い

まるで暗い流れを渡るひな魚のように
泣きたい夜に一人はいけない　あたしのそばにおいで

涙だけは大きなタオルでもあれば乾くだろう
けれど心の傷口は自分では縫えない
子供の頃に好きだった歌の名前を言ってごらん
胸の中できかせてあげよう心が眠るまで

なんて暗い時代を泳ぐひな魚のように

泣きたい夜に一人はいけない　あたしのそばにおいで
なんて暗い時代を泳ぐひな魚のように
泣きたい夜に一人はいけない　あたしのそばにおいで
泣きたい夜に一人はいけない　あたしの胸においで

キツネ狩りの歌

キツネ狩りにゆくなら気をつけておゆきよ
キツネ狩りは素敵さただ生きて戻れたら
ねぇ空は晴れた風はおあつらえ
あとは君のその腕次第

もしも見事射とめたら
君は今夜の英雄
さあ走れ夢を走れ

キツネ狩りにゆくなら気をつけておゆきよ
キツネ狩りは素敵さただ生きて戻れたら、ね

キツネ狩りにゆくなら酒の仕度も忘れず
見事手柄たてたら乾杯もしたくなる
ねぇ空は晴れた風はおあつらえ
仲間たちとグラスあけたら

そいつの顔を見てみろ
妙に耳が長くないか
妙にひげは長くないか

キツネ狩りにゆくなら気をつけておゆきよ

グラスあげているのがキツネだったりするから
君と駆けた君の仲間は
君の弓で倒れてたりするから

キツネ狩りにゆくなら　気をつけておゆきよ
キツネ狩りは素敵さ　ただ生きて戻れたら、ね

蕎麦屋《そばや》

世界じゅうがだれもかも偉い奴に思えてきて
まるで自分ひとりだけがいらないような気がする時
突然おまえから電話がくる　突然おまえから電話がくる
あのぅ、そばでも食わないかあ、ってね

べつに今さらおまえの顔見てそばなど食っても仕方がないんだけれど
居留守つかうのもなんだかみたいで　なんのかんのと割り箸《わばし》を折っている
どうでもいいけどとんがらし　どうでもいいけどとんがらし
そんなにかけちゃよくないよ、ってね

風はのれんをばたばたなかせて　ラジオは知ったかぶりの大相撲中継
あいつの失敗話にけらけら笑って丼《どんぶり》につかまりながら、おまえ
あのね、わかんない奴もいるさって　あのね、わかんない奴もいるさって
あんまり突然云うから　泣きたくなるんだ

風はのれんをばたばたなかせて　ラジオは知ったかぶりの大相撲中継
くやし涙を流しながらあたしたぬきうどんを食べている
おまえは丼に顔つっこんで　おまえは丼に顔つっこんで
駄洒落《だじゃれ》落話をせっせと咲かせる

風はのれんをばたばたなかせて　ラジオは知ったかぶりの大相撲中継

船を出すのなら九月

船を出すのなら九月　誰も見ていない星の九月
人を捨てるなら九月　人は皆　冬の仕度で夢中だ
あなたがいなくても　愛は愛は愛は
愛は　まるで星のようにある
船を出すのなら九月　誰も皆　海を見飽きた頃の九月
夢をとばすなら九月　たくさんの愛がやせる九月
海へ逃げるなら九月　知らぬまに夜が誘いをのばしてる
あなたがいなくても　愛は愛は愛は
愛は　どうせ砂のようにある

人を捨てるなら九月　誰も皆　冬を見ている夜の九月
船を出すのなら九月　誰も皆　海を見飽きた頃の九月

エレーン

風にとけていったおまえが残していったものといえば
おそらく誰も着そうにもない
安い生地のドレスが鞄《かばん》にひとつと

みんなたぶん一晩で忘れたいと思うような悪い噂《うわさ》
どこにもおまえを知っていたと
口に出せない奴らが流す悪口

みんなおまえを忘れて忘れようとして幾月流れて

突然なにも知らぬ子供が
ひき出しの裏からなにかをみつける

それはおまえの生まれた国の金に替えたわずかなあぶく銭
その時　口をきかぬおまえの淋しさが
突然私にも聞こえる

エレーン　生きていてもいいですかと　誰も問いたい
エレーン　その答を誰もが知ってるから　誰も問えない
流れて来る噂はどれもみんな本当のことかもしれない
おまえは　たちの悪い女で
死んでいって良かった奴かもしれない

けれどどんな噂より
けれどおまえのどんなつくり笑いより、私は
笑わずにいられない淋しさだけは真実だったと思う

今夜雨は冷たい
行く先もなしにおまえがいつまでも
灯りの暖かに点《とも》ったにぎやかな窓を
ひとつずつ　のぞいてる

今夜雨は冷たい

エレーン　生きていてもいいですかと　誰も問いたい
エレーン　その答を誰もが知ってるから　誰も問えない
エレーン　生きていてもいいですかと　誰も問いたい
エレーン　その答を誰もが知ってるから　誰も問えない

異国

とめられながらも去る町ならば
ふるさとと呼ばせてもくれるだろう
ふりきることを尊びながら
旅を誘《いざな》うまつりが聞こえる

二度と来るなと唾を吐く町
私がそこで生きてたことさえ
覚えもないねと町が云うなら
臨終《いまわ》の際にもそこは　異国だ

百年してもあたしは死ねない
あたしを埋める場所などないから
百億粒の灰になってもあたし
帰り仕度をしつづける

悪口ひとつも自慢のように

ふるさとの話はあたたかい
忘れたふりを装いながらも
靴をぬぐ場所があけてある　ふるさと

しがみつくにも足さえみせない
うらみつくにも袖さえみせない
泣かれるいわれもないと云うなら
あの世も地獄もあたしには　異国だ

町はあたしを死んでも呼ばない
あたしはふるさとの話に入れない
くにはどこかときかれるたびに
まだありませんと　うつむく

百年してもあたしは死ねない
あたしを埋める場所などないから
百億粒の灰になってもあたし

帰り仕度をしつづける

百年してもあたしは死ねない
あたしを埋める場所などないから
百億粒の灰になってもあたし
帰り仕度をしつづける

かなしみ笑い

だから　笑い続けるだけよ　愛の傷が癒《い》えるまで
喜びも　悲しみも　忘れ去るまで

遊び歩いた　あげくの恋は
別れやすそうな　相手を選んで

二度と　涙流さないような
軽い暮らしを　続けてゆくのよ

だって　仕方がないじゃないの
あなたは二度と戻って来ないし
ひとり暮らしを　するのはつらい
あなたを待ち続けた　あの部屋で

ひとり　待ちわびて　待ちわびて
時を　恨むだけ
だから笑い続けるだけよ　愛の傷が癒えるまで
喜びも　悲しみも　忘れ去るまで

恨んでいられるうちは　いいわ
忘れられたら　生きてはゆけない
そんな心の誓いも　いつか
一人笑いに　慣れてしまうもの

酒と踊りと歌を　覚えて
暗く輝く街へ　出かけよう
そこで覚えた暮らしが　いつか
生まれながらに　思えてくるまで

そうよ　待ちわびて　待ちわびて
時を　恨むだけ

だから笑い続けるだけよ　愛の傷が癒えるまで
喜びも　悲しみも　忘れ去るまで
だから笑い続けるだけよ　愛の傷が癒えるまで
喜びも　悲しみも　忘れ去るまで

霧に走る

次のシグナル　右に折れたら
あの暗い窓が　私の部屋
寄っていってと　もう何度も
心の中で　話しかけてる

けれど車は　走りつづける
あなたはラジオに気をとられる
せめて　ブルーに変わらないでと
願う　シグナルはなんて意地悪

ああ　外はなんて　深い霧　車の中にまで
いっそ　こんな車　こわれてしまえばいいのに

とりとめもない　冗談にならら

あなたはいつでも　うなずくのに
やっと言葉を　愛にかえれば
あなたの心は　急に霧もよう

今夜となりに　すわってるのは
小石か猫だと　思ってるの
指をのばせば　あなたの指に
ふれると　なんだか　嫌われそうで

ああ　外はなんて　深い霧　車の中にまで
いっそ　こんな車　こわれてしまえばいいのに
ああ　外はなんて　深い霧　車の中にまで
いっそ　こんな車　こわれてしまえばいいのに

● 1979

りばいばる

忘れられない歌を　突然聞く
誰も知る人のない　遠い町の角で
やっと恨みも嘘も　うすれた頃
忘れられない歌が　もう一度流行《はや》る

愛してる愛してる　今は誰のため
愛してる愛してる　君よ歌う
やっと忘れた歌が　もう一度流行る

なにもことばに残る　誓いはなく
なにも形に残る　思い出もない
酒に氷を入れて　飲むのが好き
それが誰の真似かも　とうに忘れた頃

愛してる愛してる　今は誰のため
愛してる愛してる　君よ歌う
やっと忘れた歌が　もう一度流行る

ピエロ

思い出の部屋に　住んでちゃいけない
古くなるほど　酒は甘くなる
えらそうに俺が　言うことでもないけど
出てこいよ　さあ　飲みにゆこうぜ
かまれた傷には　麻酔が必要
俺でも少しは　抱いててやれるぜ

思い出の船を　おまえは降りない
肩にかくれて　誰のために泣く
まるで時計か　ゆりかごみたいに
ひとりで俺は　さわぎ続ける

飲んでりゃ　おまえも　うそだと思うか
指から鍵《かぎ》を奪って
海に放り投げても
飲んでりゃ　おまえも　うそだと思うか
指から鍵を奪って
海に放り投げても

ひとりぽっちで踊らせて

女がひとりきりで　踊ってると不自然
そんな言葉　もう聞かないわ
今夜から利口になるの
女が連れもなしに　店にいてもいいでしょう
あの人は忙しいそうよ
恋人と会っているから
　だからひとり　今はひとり
　踊りたいの　あの人を恨みながら
　だからひとり　かまわないで
　優しくしないでよ　涙がでるから

両手をのべられたら　倒れこんでゆきそう
肩を抱いて　呼びかけないで
あの人と間違えるから
心の一つ位　女だって持ってる
あの人には見えないらしいわ

からっぽに映るだけらしいわ
だからひとり　今はひとり
踊りたいの　あの人を恨みながら
だからひとり　かまわないで
優しくしないでよ　涙がでるから

裸足《はだし》で走れ

黙っているのは　卑怯《ひきよう》なことだと
おしゃべり男の　声がする
命があるなら　闘うべきだと
おびえた声がする

上着を着たまま　話をするのは

正気の沙汰では　ないらしい
脱がせた上着を　拾って着るのは
賢いことらしい

一人になるのが　恐《こわ》いなら
裸足で　裸足で　ガラスの荒れ地を
裸足で　突っ走れ

裸足はいかがと　すすめる奴らに限って
グラスを　投げ捨てる
ささくれひとつも　つくらぬ指なら
握手もどんなに　楽だろう

かかとを切り裂く　痛みを指さし
心の熱さと　人は呼ぶ
ここまでおいでと　手を振り手招き
背中へ　ガラスを降り注ぐ

一人になるのが　恐いなら
裸足で　裸足で　ガラスの荒れ地を
裸足で　突っ走れ
裸足で　裸足で　ガラスの荒れ地を
裸足で　突っ走れ

タクシードライバー

やけっぱち騒ぎは　のどがかれるよね
心の中では　どしゃ降りみたい
眠っても眠っても　消えない面影は
ハードロックの波の中に　捨てたかったのにね

笑っているけど　みんな本当に幸せで
笑いながら　町の中歩いてゆくんだろうかね
忘れてしまいたい望みを　かくすために
バカ騒ぎするのは　あたしだけなんだろうかね

タクシー・ドライバー　苦労人とみえて
あたしの泣き顔　見て見ぬふり
天気予報が　今夜もはずれた話と
野球の話ばかり　何度も何度も　繰り返す

酔っぱらいを乗せるのは　誰だって嫌だよね
こんなふうに道の真ン中で泣いてるのも　迷惑だよね
だけどあたしは　もう行くところがない
何をしても　叱ってくれる人も　もう　いない

タクシー・ドライバー　苦労人とみえて

あたしの泣き顔　見て見ぬふり
天気予報が　今夜もはずれた話と
野球の話ばかり　何度も何度も　繰り返す

車のガラスに額を押しつけて
胸まで酔ってるふりをしてみても
忘れたつもりの　あの歌が口をつく
あいつも　あたしも　好きだった　アローン・アゲイン

ゆき先なんて　どこにもないわ
ひと晩じゅう　町の中　走りまわっておくれよ
ばかやろうと　あいつをけなす声が途切れて
眠ったら　そこいらに捨てていってていいよ

タクシー・ドライバー　苦労人とみえて
あたしの泣き顔　見て見ぬふり
天気予報が　今夜もはずれた話と

野球の話ばかり　何度も何度も　繰り返す
タクシー・ドライバー　苦労人とみえて
あたしの泣き顔　見て見ぬふり
天気予報が　今夜もはずれた話と
野球の話ばかり　何度も何度も　繰り返す

泥海の中から

ふり返れ　歩きだせ　悔やむだけでは変わらない
許せよと　すまないと　あやまるだけじゃ変わらない
ふり返れ　歩きだせ　悔やむだけでは変わらない
許せよと　すまないと　あやまるだけじゃ変わらない

おまえが殺した　名もない鳥の亡骸《なきがら》は
おまえを明日へ　連れて飛び続けるだろう

ふり返れ　歩きだせ　悔やむだけでは変わらない
許せよと　すまないと　あやまるだけじゃ変わらない
ふり返れ　歩きだせ　忘れられない罪ならば
くり返す　その前に　明日は少し　ましになれ

おまえが壊した　人の心のガラス戸は
おまえの明日を　照らすかけらに変わるだろう

ふり返れ　歩きだせ　忘れられない罪ならば
くり返す　その前に　明日は少し　ましになれ
ふり返れ　歩きだせ　悔やむだけでは変わらない
果てのない　昨日より　明日は少し　ましになれ

ふり返れ　歩きだせ　悔やむだけでは変わらない
ふり返れ　歩きだせ　明日は少し　ましになれ
　　　　　　　　　　明日は少し　ましになれ

信じ難いもの

十四や十五の　娘でもあるまいに
くり返す嘘が　何故《なぜ》みぬけないの
約束はいつも　成りゆきと知りながら
何故あいつだけを　べつだと言えるの
信じ難いもの‥愛の言葉　誘い言葉
信じ難いもの‥寂しい夜の　あたしの耳

嘘つきはどちら　逃げること戻ること
嘘つきはどちら　泣き虫忘れん坊
いくつになったら　大人になれるだろう
いくつになったら　人になれるだろう

信じ難いもの：愛の言葉　はやり言葉
信じ難いもの：寂しい夜の　あたしの耳

根雪

誰も気にしないで
泣いてなんか　いるのじゃないわ
悲しそうに見えるのは
町に流れる　歌のせいよ

いやね古い歌は
やさしすぎて　なぐさめすぎて
余計なこと思い出す
誰かあの歌を　誰かやめさせて

いつか時が経てば
忘れられる　あんたなんか
いつか時が経てば
忘れられる　あんたなんか

町は　毎日　冬
どんな服でかくしてみせても
後ろ姿　こごえてる
ひとり歩きは　みんな　寒い
町は　ひとりぼっち

白い雪に　かくれて泣いてる
足跡も　車も
そうよ　あんたもかくして　降りしきる

いつか時が経てば
忘れられる　あんたなんか
いつか時が経てば
忘れられる　あんたなんか
いつか時が経てば
忘れられる　あんたなんか

片想

目をさませ　早く　甘い夢から

うまい話には　裏がある
目をさませ　早く　甘い夢から
うかれているのはおまえだけ

「一度やそこらのやさしさで
つけあがられるのは　とても迷惑なんだ」
目をさませ　早く　甘い夢から
うかれているのはおまえだけ

手を放せ　早く　すがる袖から
振り払うのは　うとましい
手を放せ　早く　すがる袖から
うかれているのはおまえだけ

「一度やそこらのやさしさで
つけあがられるのは　とても迷惑なんだ」
手を放せ　早く　すがる袖から

うかれているのはおまえだけ
手を放せ　早く　甘い夢から
うかれているのはおまえだけ

ダイヤル117

手を貸して　あなた　今夜眠れないの
笑えないの　歩けないの　大人になれない
手を貸して　あなた　今夜眠くなるまで
わがままよ　泣き虫よ　ひとりの時　あたし
あなたもいつか　ひとりの夜が
一度はあるなら　わかるでしょう

ねえ　切らないで
なにか　答えて

人前で泣くのは　女はしちゃいけない
笑いなさい　歩きなさい　涙涸《か》れるまで

愚痴を聞くのは　誰も好きじゃない
笑うだけよ　歩くだけよ　女は　死ぬ日まで

張りつめすぎた　ギターの糸が
夜更けに　ひとりで　そっと切れる
ねえ　切らないで
なにか　答えて

張りつめすぎた　ギターの糸が
夜更けに　ひとりで　そっと切れる
ねえ　切らないで

なにか　答えて
ねえ　切らないで
なにか　答えて

小石のように

山をくだる流れにのせて
まだ見ぬ景色あこがれ焦がれ
転がりだす石は十六才《じゅうろく》
流れはおもい次第

旅をとめる親鳥たちは
かばおうとするその羽根がとうに

ひな鳥には小さすぎると
いつになっても知らない

おまえ　おまえ　耳をふさいで
さよならを聞いてもくれない
とめどもなく転がりだして
石ははじめて　ふりむく

川はいつか幅も広がり
暗く深く小石をけずる
石は砂に砂はよどみに
いまやだれにも見えない

おまえ　おまえ　海まで百里
坐り込むにはまだ早い
石は砂に砂はよどみに
いつか青い海原に

おまえ　おまえ　海まで百里
坐り込むにはまだ早い
砂は海に海は大空に
そしていつかあの山へ
砂は海に海は大空に
そしていつかあの山へ

狼になりたい

夜明け間際の吉野屋では　化粧のはげかけたシティ・ガールと
ベイビィ・フェイスの狼たち　肘《ひじ》をついて眠る
なんとかしようと思ってたのに　こんな日に限って朝が早い

兄ィ、俺の分はやく作れよ　そいつよりこっちのが先だぜ
買ったばかりのアロハは　どしゃ降り雨で　よれよれ
まぁ　いいさ　この女の化粧も同じようなもんだ

狼になりたい　狼になりたい　ただ一度

向かいの席のおやじ見苦しいね　ひとりぼっちで見苦しいね
ビールをくださいビールをください　胸がやける
あんたも朝から忙しいんだろ　がんばって稼《かせ》ぎなよ
昼間・俺たち会ったら　お互いに「いらっしゃいませ」なんてな
人形みたいでもいいよな　笑える奴はいいよな
みんな、いいことしてやがんのにな　いいことしてやがんのにな
ビールはまだか

狼になりたい　狼になりたい　ただ一度

俺のナナハンで行けるのは　町でも海でもどこでも
ねえ　あんた　乗せてやろうか
どこまでもどこまでもどこまでもどこまでも
狼になりたい　狼になりたい　ただ一度
狼になりたい　狼になりたい　ただ一度

断崖─親愛なる者へ─

風は北向き　心の中じゃ
朝も夜中も　いつだって吹雪
だけど　死ぬまで　春の服を着るよ

そうさ　寒いとみんな逃げてしまうものね、みんなそうさ

走り続けていなけりゃ　倒れちまう
自転車みたいな　この命転がして
息はきれぎれ　それでも走れ
走りやめたら　ガラクタと呼ぶだけだ、この世では

冷えた身体《からだ》を　暖めてくれ
すがり寄る町に　住む人とてなく
扉をあけて　出てくる人は
誰も今しも　旅に出る仕度、意気も高く

生きてゆけよと　扉の外で
手を振りながら　呼んでる声が聞こえる
死んでしまえと　ののしっておくれ
窓の中　笑いだす声を聞かすくらいなら、ねぇ、おまえだけは

生きる手だては　あざないものと
肩をそらして　風を受けながら
いま　崩れゆく崖の上に立ち
流し目を使う　昔惚《ほ》れてくれた奴に、なさけないね

風は北向き　心の中じゃ
朝も夜中も　いつだって吹雪
だけど　死ぬまで春の服を着るよ
そうさ　寒いとみんな逃げてしまうものね
そうさ　死んでも春の服を着るよ
そうさ　寒いとみんな逃げてしまうものね
そうさ　死んでも春の服を着るよ
そうさ　寒いとみんな逃げてしまうものね

● 1978

雨…

そうよ　だましたのは私　心こわれたのは貴方《あなた》
どうせあなたも嘘つきな旅人と思ってたのよ

裏切られた思い出にいつか覚えた氷芝居
さみしがり屋の貴方にはそれが一番の仕打ちだった
冷たい雨、雨、雨、雨、いまさら
貴方がこんなにいとしい
冷たい雨、雨、雨、雨、私を
あの頃に連れて戻って

生まれてはじめて会うひとが貴方ならよかったけれど
裏切られすぎて私は今さら素顔になれない
裏切られた思い出にいつか覚えた氷芝居

さみしがり屋の貴方にはそれが一番の仕打ちだった
冷たい雨、雨、雨、雨、いまさら
貴方がこんなにいとしい
冷たい雨、雨、雨、雨、私を
あの頃に連れて戻って

こわれた心をかかえて貴方は優しい女《ひと》に出逢う
幸わせになってゆくならなんにも言えやしないけど

裏切られた思い出にいつか覚えた氷芝居
さみしがり屋の貴方にはそれが一番の仕打ちだった
冷たい雨、雨、雨、雨、いまさら
貴方がこんなにいとしい
冷たい雨、雨、雨、雨、私を
あの頃に連れて戻って

みにくいあひるの子

冗談だよ　本気で言うはず　ないじゃないか
鏡をみろよと　言われるのがおち

鏡の中では　つくり笑いがゆがむ
にじんだ涙で　つけまつげがはずれる
たまには　いいとこみせても　いいじゃないか
あの人まで　笑わないでいてほしかった

あゝ　今夜も私は　おどけていうしかない
愛してます　愛してます　なお人は笑う

まひるの町には　白い花びらみたいに
きれいな娘が　いくらもいるというのに
わざわざ　こいつを連れてきたのは　だれだ

あの人は　俺じゃないよと　顔をそむけた
あゝ　今夜も私は　おどけていうしかない
愛してます　愛してます　なお人は笑う

こぬか雨

肩を貸してください　雨の中で
わたし　赤い鼻緒をなおすまで
わけを聞いてください　雨の中で
泣き顔は　見ないように

あの人は　あの人は　ここにもいない
それだけで　泣きたいのに　こぬか雨
見かけたら　見かけたら　手紙が欲しい

わたしの住所　教えます

草の笛かみながら　歩いてると
あの人が　呼びかけるような気がして
白い壁曲がれば　笑いながら
思い出が　通りすぎる

あの人は　あの人は　ここにもいない
それだけで　泣きたいのに　こぬか雨
見かけたら　見かけたら　手紙が欲しい
わたしの住所　教えます

20才《はたち》になれば

まって下さい　20才になるまで
まだ言わないで　さよならだけは
まって下さい　あなたの心
はなれたことは　わかってるけど
困らせてるわ　わがまま言うわ
19のうちに　19のうちに
20才になれば　ひとりで歩く
あなたなしでも　夕暮れ歩く
20才になれば　ひとりで笑う
あなた忘れて　ひとりで笑う

まって下さい　20才になるまで
私の手紙　焼き捨てないで
わかっています　あなたのひとが
ドアのおもてで　まってることも
困らせてるわ　19のうちに
19のうちに　わがまま言うわ

20才になれば　ひとりで歩く
あなたなしでも　夕暮れ歩く
20才になれば　ひとりで探す
心の枕　ひとりで探す

おもいで河

涙の国から　吹く風は
ひとつ覚えのサヨナラを　繰り返す
おもいで河には　砂の船
もう　心はどこへも　流れない

飲んで　すべてを忘れられるものならば
今夜も　ひとり　飲み明かしてみるけれど

飲めば飲むほどに　想い出は深くなる
忘れきれない　この想い　深くなる

おもいで河へと　身を投げて
もう　私は　どこへも流れない

季節のさそいに　さそわれて
流れてゆく　木の葉よりも　軽やかに
あなたの心は　消えてゆく
もう　私の愛では　とまらない

飲んで　すべてを忘れられるものならば
今夜も　ひとり　飲み明かしてみるけれど
飲めば飲むほどに　想い出は深くなる
忘れきれない　この想い　深くなる

おもいで河へと　身を投げて

もう　私は　どこへも流れない

飲んで　すべてを忘れられるものならば
今夜も　ひとり　飲み明かしてみるけれど
飲めば飲むほどに　想い出は深くなる
忘れきれない　この心　深くなる

おもいで河へと　身を投げて
もう　私は　どこへも流れない
おもいで河へと　身を投げて
もう　私は　どこへも流れない

ほうせんか

悲しいですね　人は誰にも
明日　流す涙が見えません
別れる人とわかっていれば
はじめから　寄りつきもしないのに

後姿のあの人に　優しすぎたわと　ぽつり

ほうせんか　私の心
砕けて　砕けて　紅くなれ
ほうせんか　空まであがれ
あの人に　しがみつけ

悲しいですね　人はこんなに
ひとりで残されても　生きてます
悲しいですね　お酒に酔って
名前　呼び違えては　叱られて

後姿のあの人に　幸せになれなんて　祈れない
いつか　さすらいに耐えかねて　私をたずねて来てよ

ほうせんか　私の心
砕けて　砕けて　紅くなれ
ほうせんか　空まであがれ
あの人に　しがみつけ

ほうせんか　私の心
砕けて　砕けて　紅くなれ
ほうせんか　空まであがれ
あの人に　しがみつけ

あの人に　しがみつけ
あの人に　しがみつけ

窓ガラス

あの人の友だちが　すまなそうに話す
あいつから見せられた彼女というのが
つまらない女でと　つらそうに話す
知ってるよと　あたしは笑ってみせる

それよりも　雨雲が気にかかるふりで
あたしは窓のガラスで　涙とめる
ふられても　ふられても　仕方ないけれど
そんなに嫌わなくて　いいじゃないの

気を抜いて　友だちはついしゃべり過ぎる
あの人が町を出る　わけまでもしゃべる
あたしとすれ違うと　不愉快になると
知らなくていいことを　教えすぎる

それよりも　雨雲が気にかかるふりで
あたしは窓のガラスで　涙とめる
ふられても　ふられても　仕方ないけれど
そんなに嫌わなくて　いいじゃないの

さよならの鐘

広場の鐘が　四時を告げたら
あなたの汽車が駅を出る
私　行かないわ　見送りになんて
忘れたふりで　踊ってるわ
鐘が鳴り始める　時を告げに来る
耳を押さえても聞こえる

さよなら　さよなら
さよならの鐘がひびく
二度とは　二度とは
二度とは逢わないあなた
行かないで　行かないで
行かないで　私の全て
生きる夢も　愛の意味も
あなたがくれたもの
生きる夢も　愛の意味も
あなたが全て

思いだすたびに　泣いて暮らすわ
やさしくされた　思い出を
いさかいのことは　忘れてしまう
たよりないものね　思い出なんて
鐘が鳴り始める　時を告げに来る
耳を押さえても聞こえる

さよなら　さよなら
さよならの鐘がひびく
二度とは　二度とは
二度とは逢わないあなた
行かないで　行かないで
行かないで　私の全て
生きる夢も　愛の意味も
あなたがくれたもの
生きる夢も　愛の意味も
あなたが全て

長い旅になるわ　あなたも私も
眠りさめるのは　いつの日
さよなら　さよなら
さよならの鐘がひびく
二度とは　二度とは
二度とは　逢えないあなた

行かないで　行かないで
行かないで　私の全て
生きる夢も　愛の意味も
あなたがくれたもの
生きる夢も　愛の意味も
あなたが全て

髪

長い髪が好きだと
あなた昔だれかに話したでしょう
だから私こんなに長く
もうすぐ腰までとどくわ

それでもあなたは離れてゆくばかり
ほかに私には何もない
切ってしまいますあなたに似せて
切ってしまいますこの髪を
今夜旅立つあなたに似せて　短く

長い髪を短くしても
とてもあなたに似てきません
似ても似つかない泣き顔が
鏡のむこうでふるえます

あなたの写真も残らなかったから
影をあなただと思いたい
切ってしまいますあなたに似せて
切ってしまいますこの髪を
今夜旅立つあなたに似せて　短く

「元気ですか」

「元気ですか」と
電話をかけました
あの女《ひと》のところへ電話をかけました
いやな私です
やめようと思ったけれど
いろんなこと　わかってるけれど
わかりきってるけれど
電話をかけました
あの女《ひと》に元気かとききました
あの女《ひと》に幸せかとききました
わかっているのに　わかっているのに
遠回しに　探りをいれてる私
皮肉のつもり　嫌がらせのつもり
いやな私……

あいつに嫌われるの　当り前
あの女《ひと》の声は濁りがなくて
真夜中なのに　つきあってくれる
きっと　知ってるのに
あいつ　言ったでしょう　私のこと
うるさい女って　言ったでしょう
……そうね
あいつは　そんな男じゃない
わかってる
あいつのこと
うるさく追いかける私
誰だって知ってる
でも　あなただけ笑わなかった
やさしいのね　やさしいのね
あの頃はもう　愛されていたから？

……何を望んでるの　あたし
あの女《ひと》もいつか
飽きられることを!?

あの女《ひと》は　いつまでも　電話につきあってくれて
あたしは別に話すことなんかない
声をきいてみたかっただけよ
どんな声があいつは好きなの
どんな話し方があいつは好きなの
……私　電話をかけました
「あいつがやけに　あなたの絵をほめるのよ」
「あたしも　あの絵　好きだな」
「それにね　あのモデル　実は
あたしの彼に……そう　彼に　ちょっと　似ててね……」
……ウソ　ばっかり……
誘いをかけてるだけよ
あいつの話が出ないかと思って

「明日どうするの」だって
そんなこと　知ったことじゃ　ないわよね
どうして　そんなに答えるの
わかってるのよ　あたし
わかってるのよ　あたし
ほんとは
「そこにいる　あいつを　電話に出して」
って言いたいのよ
…………
あの女《ひと》が最後まで　しらを切ったのは
最大限の　私への思いやり
わかってる　あたし
わかってる　あの女《ひと》
わかってるのに　わかっているのに
うらやましくて

うらやましくて
……つき合ってくれてありがとう
でも今夜は　私　泣くと思います
うらやましくて
やっぱり
うらやましくて
うらやましくて
うらやましくて
今夜は　泣くと
……思います

怜子

怜子　いい女になったね
惚《ほ》れられると　女は
本当に　変わるんだね
怜子　ひとりで街も歩けない
自信のない女だった
おまえが　嘘のよう

ひとの不幸を　祈るようにだけは
なりたくないと願ってきたが
今夜　おまえの　幸せぶりが
風に追われる　私の胸に痛すぎる

怜子　みちがえるようになって
あいつにでも　本気で

惚れることが　あるんだね
怜子　あいつは　誰と居ても
淋しそうな男だった
おまえとならば　あうんだね

ひとの不幸を　祈るようにだけは
なりたくないと願ってきたが
今夜　おまえの　幸せぶりが
風に追われる　私の胸に痛すぎる

海鳴り

海鳴りが寂しがる夜は
古い時計が泣いてなだめる

遠く過ぎて行った者たちの
声を真似して　呼んでみせる

覚えてるよ　覚えてるよ
この足元ではしゃいでいたね
覚えてるよ　覚えてるよ
時計だけが約束を守る

海鳴りよ　海鳴りよ
今日もまた　お前と　私が　残ったね
海鳴りよ　海鳴りよ
今日もまた　お前と　私が　残ったね

見てごらん　今歩いてゆく
あんなふたりを　昔みたね
そして今日は明日《あした》は誰が

私のねじを巻いてくれるだろう

忘れないで　忘れないで
叫ぶ声は今も聞こえてる
忘れないよ　忘れないよ
時計だけが約束を守る

海鳴りよ　海鳴りよ
今日もまた　お前と　私が　残ったね
海鳴りよ　海鳴りよ
今日もまた　お前と　私が　残ったね

化粧

化粧なんて　どうでもいいと思ってきたけれど
せめて　今夜だけでも　きれいになりたい
今夜　あたしはあんたに逢いにゆくから
最後の最後に　逢いにゆくから

あたしが出した　手紙の束を返してよ
誰かと　二人で　読むのはやめてよ
放り出された昔を胸に抱えたら
見慣れた夜道を　走って帰る

流れるな　涙　心でとまれ
流れるな　涙　バスが出るまで

バカだね　バカだね　バカだね　あたし

愛してほしいと　思ってたなんて
バカだね　バカだね　バカのくせに
愛してもらえるつもりでいたなんて

化粧なんて　どうでもいいと思ってきたけれど
今夜、死んでも　いいから　きれいになりたい
こんなことなら　あいつを捨てなきゃよかったと
最後の最後に　あんたに　思われたい

流れるな　涙　心でとまれ
流れるな　涙　バスが出るまで

バカだね　バカだね　バカだね　あたし
愛してほしいと　思ってたなんて
バカだね　バカだね　バカのくせに
愛してもらえるつもりでいたなんて

ミルク32

ねえ　ミルク　またふられたわ
忙しそうね　そのまま聞いて
ゆらゆら　重ね上げた
お皿とカップの　かげから

ねえ　ミルク　またふられたわ
ちょっと、飛ばさないでよ　この服高いんだから
うまくはいかないわね
今度はと　思ったんだけどな

あんたときたら　ミルクなんて飲んでてさ
あたし随分笑ったわね
いつのまにか　バーボンなんて
飲むようになったのよ

ねえ　ミルク　悪いわね
ふられた時ばかり現われて
笑ってるの　怒ってるの
そんなに　無口だったかしらね

ねえ　ミルク　聞いてるの
今　それどうしても　洗わなきゃならないの
忙しいものなのね　マスターともなると
ほんとかしら

なんで　あんなに　あたしたち二人とも
意地を　張りあったのかしらね
ミルク　もう　32
あたしたち　ずっと　このままね

ねえ　ミルク

もう　終わりでしょ
帰るわ
レシートは　どこ？
表は雨降り夜
もう少し
いようかしら……
ねえミルク
ねえミルク
ねえ

あほう鳥

あたしは　とても　おつむが軽い
あんたは　とても　心が軽い
二人並べて　よくよく　見れば
どちらも　泣かない　あほう鳥

悪い夢を見て　泣くなんて
いい年をして　することじゃない
いつもどおり　あたしどおり
つづけるさ　ばか笑い

忘れます　忘れます
あんたが　好きだったって　こともね
忘れます　忘れます
あたしが　生きていたって　こともね
あたしは　いつも　ねぐら探す

あんたは　いつも　出口を探す
二人あわせて　二つにわれば
どちらも　いいとこ　あほう鳥

悪い夢を見て　泣くなんて
いい年をして　することじゃない
いつもどおり　あたしどおり
つづけるさ　ばか笑い

忘れます　忘れます
あんたが　好きだったって　こともね
あたしが　生きていたって　こともね

おまえの家

雨もあがったことだし　おまえの家でも
ふっと　たずねて　みたくなった
けれど　おまえの家は　なんだか　どこかが
しばらく　見ないまに　変わったみたい
前には　とても　おまえが聞かなかった音楽が
投げつけるみたいに　鳴り続けていたし
何より　ドアをあける　おまえが　なんだか　と
言いかけて　おまえもね　と　言われそうで　黙りこんだ
昔飼っていた猫は　黒猫じゃ　なかったね
髪型も　そんなじゃ　なかったね
それは　それなりに　多分　似合ってるんだろうけど
なんだか　前のほうが　と　言いかけて　とめた
言いだせないことを　聞きだせもせずに　二人とも　黙って
お湯の沸く　青い火をみている

何を飲むかと　ぽつり　おまえは　たずねる
喫茶店に来てる気は　ないさ

ねえ　昔よく聴いた　あいつの新しいレコードが　と
わざと　明るく　きり出したとき　おまえの涙をみる
ギターは　やめたんだ　食って　いけないもんな　と
それきり　火を見ている

部屋の隅には　黒い皮靴がひとつ
くたびれて　お先に　と　休んでる
お湯のやかんが　わめきたてるのを　ああと　気がついて
おまえは　笑ったような　顔になる
なにげなく　タンスに　たてかけたギターを
あたしは　ふと見つめて　思わず　思わず　目をそむける
あの頃の　おまえのギターは　いつでも
こんなに　磨いては　なかったよね

あんまり　ゆっくりも　してはいられないんだ
今度　また来るからと　おまえの目を見ずに言うと
そうか　いつでも　来てくれよと
そのとき　おまえは　昔の顔だった

コートの衿《えり》を立てて　あたしは仕事場へ向かう
指先も　衿もとも　冷たい
今夜は　どんなに　メジャーの歌を弾いても
しめっぽい　音を　ギターは　出すだろう

世情

世の中はいつも　変わっているから
頑固者だけが悲しい思いをする

変わらないものを　何かにたとえて
その度　崩れちゃ　そいつのせいにする
シュプレヒコールの波　通り過ぎてゆく
変わらない夢を　流れに求めて
時の流れを止めて　変わらない夢を
見たがる者たちと　戦うため

世の中はとても　臆病な猫だから
他愛のない嘘を　いつも　ついている
包帯のような　嘘を　見破ることで
学者は　世間を　見たような気になる
シュプレヒコールの波　通り過ぎてゆく
変わらない夢を　流れに求めて

時の流れを止めて　変わらない夢を
見たがる者たちと　戦うため

シュプレヒコールの波　通り過ぎてゆく
変わらない夢を　流れに求めて
時の流れを止めて　変わらない夢を
見たがる者たちと　戦うため

シュプレヒコールの波　通り過ぎてゆく
変わらない夢を　流れに求めて
時の流れを止めて　変わらない夢を
見たがる者たちと　戦うため

この空を飛べたら

空を飛ぼうなんて　悲しい話を
いつまで考えているのさ
あの人が突然　戻ったらなんて
いつまで考えているのさ

暗い土の上に　叩きつけられても
こりもせずに空を見ている
凍るような声で　別れを言われても
こりもせずに信じてる　信じてる

ああ　人は　昔々　鳥だったのかもしれないね
こんなにも　こんなにも　空が恋しい

飛べる筈のない空　みんなわかっていて

今日も走ってゆく　走ってく
戻る筈のない人　私わかっていて
今日も待っている　待っている

この空を飛べたら　冷たいあの人も
やさしくなるような気がして
この空を飛べたら　消えた何もかもが
帰ってくるようで　走るよ

ああ　人は　昔々　鳥だったのかもしれないね
こんなにも　こんなにも　空が恋しい
ああ　人は　昔々　鳥だったのかもしれないね
こんなにも　こんなにも　空が恋しい

追いかけてヨコハマ

追いかけてヨコハマ　あの人が逃げる
残した捨てゼリフに誰か見覚えはありませんか
追いかけてヨコハマ　あの人がいつも
この街をほめたことだけが裏切りの手がかりです

旅の仕度をした人ばかり　どうしてこんなに通るのでしょう
ヨコハマヨコハマこの船は　街ごと運んで旅ですか
追いかけてヨコハマ　あの人が逃げる
残した捨てゼリフに誰か見覚えはありませんか

追いかけてヨコハマ　心当たりには
ひとつ残らず寄ったけれど返事はなぐさめばかり
この街を最後にあの人のことで
私にわかっていることは何ひとつなくなります

旅の終わりはヨコハマあたり　溜息《ためいき》街だと言いました
ヨコハマヨコハマ似た街は　どこかにそんなにありますか
追いかけてヨコハマ　あの人が逃げる
残した捨てゼリフに誰か見覚えはありませんか

旅の仕度をした人ばかり　どうしてこんなに通るのでしょう
ヨコハマヨコハマこの船は　街ごと運んで旅ですか
追いかけてヨコハマ　あの人が逃げる
残した捨てゼリフに誰か見覚えはありませんか
残した捨てゼリフに誰か見覚えはありませんか

● 1977

命日

あたしと同い年の息子に　家出されて
おかみさん　やけっぱちで
始めた　おんぼろ飲み屋
商売をしてゆくには　品数がなさすぎるよ
客のより好みを　言ってちゃいけないよ

こんなことならもっと　あんたのバカ息子と
飲んで話でもしておくんだったね

あたしと同い年の息子に　家出されて
やけっぱち　おかみさん
商売が　下手だね
あたしと同い年の息子に　先立たれて

その夜は　おんぼろ飲み屋
柱も　泣いてるみたい
風の日はおしぼりひとつ　雨の日は傘をひとつ
かくすように　おいてあったのを
おかみさん　あたしは見てたよ

こんなことならもっと　あんたのバカ息子と
飲んで話でもしておくんだったね
あたしと同い年の息子に　先立たれて
その夜は　おんぼろ飲み屋
商売は　めちゃめちゃ

しあわせ芝居

泣きながら電話をかければ
バカな奴だとなだめてくれる
眠りたくない気分の夜は
物語をきかせてくれる
とてもわがままな私に
とてもあの人はやさしい
たぶん周りのだれよりも
とてもあの人はやさしい

恋人がいます　恋人がいます　心の頁につづりたい
恋人がいます　恋人がいます　けれどつづれないわけがある
私みんな気づいてしまった
しあわせ芝居の舞台裏

電話してるのは私だけ
あの人から来ることはない

浜辺を見たいのときそえば
鼻唄まじりに連れてゆく
踊りたいとすねてみせれば
おどけながらあわせてくれる
部屋をたずねてもいいかしらと
一度きいてみるつもりです
きっとあの人はだめだとは
言わないだろうと思います

恋人がいます　恋人がいます　心の頁につづりたい
恋人がいます　恋人がいます　けれどどうしてもつづれない

私みんな気づいてしまった
しあわせ芝居の舞台裏

逢いたがるのは　私一人
あの人から来ることはない

私みんな気づいてしまった
しあわせ芝居の舞台裏
逢いたがるのは　私一人
あの人から来ることはない

はぐれ鳥

ああ　降りやまない雪の中で
ああ　あなたの窓見あげてます
いいえ　どうぞみつけないで

心はぐれた夜更けには　あんたの灯りを思い出す
心はぐれた夜更けには　昔の灯りにたどり着く
酔って見あげた窓辺には　二つにじんで影ぼうし
心はぐれた夜更けには　昔の夢さえ見そびれる

昔あんたに借りたまま　返せずじまいのYシャツを
返す話にこじつけて　昔の扉は叩けない
酔って見あげた窓辺には　二つにじんで影ぼうし
心はぐれて泣く鳥は　飛びたつ空さえ雪模様

ああ　降りやまない雪の中で
ああ　あなたの窓見あげてます
いいえ　どうぞみつけないで
いいえ　どうぞみつけないで

ふられた気分

ふられた気分がわかるなら
やさしい言葉はすてとくれ
ばかだわ　ばかだとくり返し
わたしをしかりつけて
ふられた気分がわかるなら
あの娘《こ》のうわさはやめとくれ
悪きゃ悪いでそれよりも
なおわたしはみじめになるばかり
お酒をついでおくれ　となりさん
今日は何杯飲んでも飲んでも酔いきれない
今日は何杯飲んでも飲んでも涙が出る

ふられた気分がわかるなら
明日の話はやめとくれ

たとえ照ろうと曇ろうと
夜にはかわりがない
ふられた気分がわかるなら
おてがら話はやめとくれ
今夜今夜は世界中
〝しけた夜だぜ〟ぐらいつぶやいて
お酒をついでおくれ　となりさん
今日は何杯飲んでも飲んでも酔いきれない
今日は何杯飲んでも飲んでも涙がでる

サヨナラを伝えて

まさかあなたが恋の身代わりを
あたしに紹介してくれるために

あとでおまえの部屋をたずねると
耳うちしたとは思わなかったから

表通りの花屋に寄って
目に映る花を買いはたいてきた
今ならわかる恋の花言葉
黄色いローズマリー　伝えてサヨウナラ

ドアをあけたら花束かかえて
あなたにたのまれた人が立っていた
ことづてがあると　わけも知らないで
あなたに少し似た人が立っていた

おしまいの手紙はあずかってこない
たのまれたものはあふれる花束
今ならわかる恋の花言葉
黄色いローズマリー　伝えてサヨウナラ

おしまいの手紙はあずかってこない
たのまれたものはあふれる花束
今ならわかる恋の花言葉
黄色いローズマリー　伝えてサヨウナラ

杏村《あんずむら》から

ふられふられて　溜息《ためいき》つけば
町は夕暮れ　人波模様
子守唄など　うたわれたくて
とぎれとぎれの　ひとり唄をうたう
明日は案外　うまく行くだろう
慣れてしまえば　慣れたなら

杏村から　便りがとどく
きのう　おまえの　誕生日だったよと

町のねずみは　霞《かすみ》を食べて
夢の端し切れで　ねぐらをつくる
眠りさめれば　別れは遠く
忘れ忘れの　夕野原が浮かぶ
明日は案外　うまく行くだろう
慣れてしまえば　慣れたなら

杏村から　便りがとどく
きのう　おまえの　誕生日だったよと
杏村から　便りがとどく
きのう　おまえの　誕生日だったよと

かもめはかもめ

あきらめました　あなたのことは
もう　電話も　かけない
あなたの側に　誰がいても
うらやむだけ　かなしい
かもめはかもめ　孔雀《くじゃく》や鳩や
ましてや　女には　なれない
あなたの望む　素直な女には
はじめから　なれない
　青空を　渡るよりも
　見たい夢は　あるけれど
　かもめはかもめ
　ひとりで空を　ゆくのがお似合い
あきらめました　あなたのことは

もう　ゆくえも　知らない
あなたがどこで　何をしても
何ひとつ　私では　合わない
かもめはかもめ　孔雀や鳩や
ましてや　女には　なれない
あなたの望む　素直な女には
最後まで　なれない
　この海を　失くしてでも
ほしい愛は　あるけれど
かもめはかもめ
ひとりで海を　ゆくのがお似合い

わかれうた

途《みち》に倒れて　だれかの名を
呼び続けたことが　ありますか
人ごとに言うほど　たそがれは
優しい人好しじゃありません

別れの気分に　味を占めて
あなたは　私の戸を叩いた
私は別れを　忘れたくて
あなたの眼を見ずに　戸を開けた

わかれはいつもついて来る　幸せの後ろをついて来る
それが私のクセなのか　いつも目覚めれば独り

あなたは愁いを身につけて
うかれ街あたりで　名をあげる
眠れない私は　つれづれに
わかれうた　今夜も　口ずさむ

だれが名付けたか　私には
別れうた唄いの　影がある
好きで別れ唄う　筈もない
他《ほか》に知らないから　口ずさむ

恋の終わりは　いつもいつも
立ち去る者だけが　美しい
残されて　戸惑う者たちは
追いかけて　焦がれて　泣き狂う

わかれはいつもついて来る　幸せの後ろをついて来る
それが私のクセなのか　いつも目覚めれば独り
あなたは愁いを身につけて
うかれ街あたりで　名をあげる
眠れない私は　つれづれに

わかれうた　今夜も　口ずさむ

遍路

はじめて私に　スミレの花束くれた人は
サナトリウムに消えて　それきり戻っては来なかった
はじめて私が　長い長い手紙書いた人は
仲間たちの目の前で　大声で読みあげ　笑ってた
私が　まだ　一人旅に憧《あこが》れてた頃
もう幾つ目の　遠回り道　行き止まり道
手にさげた鈴の音は
帰ろうと言う　急ごうと言う
うなずく私は　帰り道も　とうになくしたのを知っている

はじめて私に　甘い愛の言葉くれた人は
私が勤めた店に　前借りに現われ　雲隠れ
はじめて私に　笑い顔がいいと言った人は
あれは私の聞き違い
隣の席の娘あての挨拶
もう幾つ目の　遠回り道　行き止まり道
手にさげた鈴の音は
帰ろうと言う　急ごうと言う
うなずく私は　帰り道も　とうになくしたのを知っている

はじめて私に　永遠の愛の誓いくれた人は
ふたりで暮らす家の　屋根を染めに登り　それっきり
はじめて私に　昔は忘れろと言った人は
今度は　彼の　人違い　あまりに誰かを待ちすぎたあげくに
もう幾つ目の　遠回り道　行き止まり道
手にさげた鈴の音は
帰ろうと言う　急ごうと言う

うなずく私は　帰り道も　とうになくしたのを知っている

店の名はライフ

店の名はライフ　自転車屋のとなり
どんなに酔っても　たどりつける
店の名はライフ　自転車屋のとなり
どんなに酔っても　たどりつける
最終電車を　逃したと言っては
たむろする　一文無したち
店の名はライフ　自転車屋のとなり
どんなに酔っても　たどりつける
店の名はライフ　おかみさんと娘

母娘で　よく似て　見事な胸
店の名はライフ　おかみさんと娘
母娘で　よく似て　見事な胸
娘のおかげで　今日も新しいアルバイト
辛過ぎるカレー　みようみまね
店の名はライフ　おかみさんと娘
母娘でよく似て　見事な胸

店の名はライフ　三階は屋根裏
あやしげな運命論の　行きどまり
店の名はライフ　三階は屋根裏
あやしげな運命論の　行きどまり
二階では徹夜でつづく恋愛論
抜け道は左　安梯子《はしご》
店の名はライフ　三階は屋根裏
あやしげな運命論の　行きどまり

店の名はライフ　いまや純喫茶
頭のきれそな　二枚目マスター
店の名はライフ　いまや純喫茶
頭のきれそな　二枚目マスター
壁の階段は　ぬり込めてしまった
真直ぐな足のむすめ　銀のお盆を抱えて
「いらっしゃいませ」……

店の名はライフ　自転車屋のとなり
どんなに酔っても　たどりつける
店の名はライフ　自転車屋のとなり
どんなに酔っても　たどりつける

まつりばやし

肩にまつわる　夏の終わりの　風の中
まつりばやしが　今年も近づいてくる
丁度　去年の　いま頃　二人で　二階の
窓にもたれて　まつりばやしを見ていたね
けれど　行列は　通り過ぎていったところで
後ろ姿しか　見えなくて　残念だった
あとで思えば　あの時の　赤い山車は
私の　すべてのまつりの　後ろ姿だった
もう　紅い花が　揺れても

今年よく似た　声をかき消す　まつりの中
信じられない　おまえの最後を知る
眠りはじめた　おまえの窓の外
まつりばやしは　静かに　あでやかに通り過ぎる

もう　紅い花が　揺れても
人は誰でも　まつりの終わりを知る
まつりばやしに　入《はい》れなくなる時を知る
眠りつづける　おまえよ　私のところへは
まつりばやしは　二度とは来ないような気がするよ
もう　紅い花が　揺れても
もう　紅い花が　揺れても
もう　紅い花が　揺れても

女なんてものに

女なんてものに　本当の心はないと
そんなふうに言うようになった

あなたが哀しい
女なんてものは　心にもないことを
平気で言うと人を諭してる
あなたが哀しい
笑ってごらん　なんて　なぐさめを
あたし　これから　信じないわ
泣いても　どうにも　ならないけれど
笑っても　あなたは　帰らないじゃないの

女なんてものは　愛などほしがらないと
笑いながら　言うようになった
あなたが哀しい
女なんて奴の　涙は　売り物だと
泣いてる人を指さして言う
あなたが哀しい
忘れていれば　なんて　言い方を
あたし　これから　信じないわ

呼んでも　どうにも　ならないけれど
忘れても　あなたは　帰らないじゃないの

笑ってごらん　なんて　なぐさめを
あたし　これから　信じないわ
泣いても　どうにも　ならないけれど
笑っても　あなたは
忘れても　あなたは　帰らないじゃないの

朝焼け

繰り返す　波の音の中
眠れない夜は
独りうらみ言　独りうらみ言並べる

眠れない夜が明ける頃
心もすさんで
もう　あの人など　ふしあわせになれと思う
昔　読んだ本の中に　こんな日を見かけた
ああ　あの人は　いま頃は
例の　ひとと　二人

曇りガラス　外は寒い
独り　あるくには
海を見にゆけば　たどりつく前に凍りそう
かもめたちが　目を覚ます
霧の中　もうすぐ
ああ　あの人は　いま頃は
例の　ひとと　二人

かもめたちが　目を覚ます
霧の中　もうすぐ

ああ　あの人は　いま頃は
例の　ひとと　二人

ホームにて

ふるさとへ　向かう最終に
乗れる人は　急ぎなさいと
やさしい　やさしい声の　駅長が
街なかに　叫ぶ
振り向けば　空色の汽車は
いま　ドアが閉まりかけて
灯りともる　窓の中では　帰りびとが笑う
走りだせば　間に合うだろう
かざり荷物を　ふり捨てて

街に　街に挨拶を
振り向けば　ドアは閉まる

振り向けば　空色の汽車は
いま　ドアが閉まりかけて
灯りともる　窓の中では　帰りびとが笑う
ふるさとは　走り続けた　ホームの果て
叩き続けた　窓ガラスの果て
そして　手のひらに残るのは
白い煙と乗車券
涙の数　ため息の数　溜ってゆく空色のキップ
ネオンライトでは　燃やせない
ふるさと行きの乗車券

たそがれには　彷徨《さまよ》う街に
心は　今夜も　ホームに　たたずんでいる
ネオンライトでは　燃やせない

ふるさと行きの乗車券
ネオンライトでは　燃やせない
ふるさと行きの乗車券

勝手にしやがれ

右へ行きたければ　右へ行きゃいいじゃないの
あたしは左へ行く
山へ行きたければ　山へ行きゃいいじゃないの
あたしは町へ行く
あたしはあたし　おもちゃじゃない
どうしようと勝手
心はなれて　はじめて気づく

あんたの　わがままが　ほしい

部屋を出て行くなら　明かり消して行ってよ
後ろ姿を見たくない
明かりつけたければ　自分でつけに行くわ
むずかしい本でも　読むために
あんたはあんた　おもちゃじゃない
どうしようと勝手
心はなれて　はじめて気づく
あんたの　わがままが　ほしい

あたしはあたし　おもちゃじゃない
どうしようと勝手
心はなれて　はじめて気づく
あんたの　わがままが　ほしい

サーチライト

あたしがあんまりブルースを歌いすぎたから
町では　このところ　天気予報は「明日も夜です」
それでも　とにかく　昔の古いろうそくを
引っぱり出して火をつける
すると　聞こえだす　古いブルース
明るいろうそくを点《とも》せば　明るいブルースが点り
ちびたろうそくを点せば　ちびたブルースが揺れる
サーチライト……

町では毎日ブルースが　たむろして
大人も　年寄りも　しいたげられた悲しみ歌う
それでも　あたしの　悲しみほどじゃない
あたしの悲しみは　昇る朝日も落としちまうほど
ふられた女の気持ちを　甘くみくびるものじゃないわ

たかが太陽のひとつくらい　あの人に比べたなら
サーチライト……

頼みがあるのよ　大切な頼みなのよ
あの人探すのよ　きっと暗くて探せないだけよ
明かりを貸してよ　町じゅうのろうそくを
あたしを照らすのよ　きっと暗くて探せないだけよ
わすれん坊のあの人でも　いつか気付いてくれるだろう
いつか　ともし疲れた炎が　あたしに燃え移るころ
サーチライト……

時は流れて

あんたには　もう　逢えないと思ったから

あたしはすっかり　やけを起こして
いくつもの恋を　渡り歩いた
その度に　心は　惨めになったけれど
あんたの行方を　探したりすれば
もっと惨めに　なりそうな気がして

あんたの恋の　うわさも　いくつか聞いた
その度に　心は　安心していた
あたし一人が　変わってしまって
あんたが何ひとつ変わらずにいたら
時はなんにも　理由のない
淋しい月日に　なりそうな気がして

あんたよりずっと　いいと思う相手と
恋をし直して　きたつもりだった
人がなんと言おうと　おかまいなしに
なんとか今日だけ　楽しくなれよと

明日などないと　酒をあおれば
なお褪《さ》めて　今日も　まだ生きていた
人生は　そんなもの

時は流れて　町は変わった
知ってる顔も　少なくなった
小石のように　転がりながら
そうして　あたしは　あんたを待ちすぎた
たとえ　もいちど　まぐれ逢えても
顔も　見分けてもらえはしないだろう程に

あんたには　もう　逢えないと思ったから
あたしはすっかり　やけを起こして
いくつもの恋を　渡り歩いた
その度に　心は　惨めになったけれど
そして　あたしは　変わってしまった
泳ごうとして　泳げなかった　流れの中で

今はただ　祈るほかはない
あんたが　あたしを　みつけやしないように

時は流れて　時は流れて
そして　あたしは　変わってしまった
流れの中で　今はただ祈るほかはない
あんたが　あたしを
こんなに変わった　あたしを
二度と　みつけや　しないように

時は流れて　時は流れて
そして　あたしは　変わってしまった
時は流れて　時は流れて
そして　あたしは
あんたに　逢えない

うかれ屋

聞かないで　聞かないで　こんな日は
なだめたりされたら　つらくなる
いつもなら　浮かれてる　女でも
こんな日に　笑うのは　つらすぎる

あの人が　明るい服を着て
やさしそうに誰かと歩いてた
聞かないで　聞かないで　こんな日は
片隅で　ひとりで酔いたいの

ふり返る　ふり返る　街の灯は
あの人の幸せを　てらし出す
かくれ込む　かくれ込む　裏街は
浮かれ屋は　どうしたと　呼びつける

あの人が明るい服を着て
やさしそうに誰かと歩いてた
呼ばないで　呼ばないで　こんな日は
片隅で　ひとりでのみたいの

あの人が明るい服を着て
やさしそうに誰かと歩いてた
呼ばないで　呼ばないで　こんな日は
片隅で　ひとりでのみたいの

ルージュ

口をきくのがうまくなりました

どんな酔いしれた人にでも
口をきくのがうまくなりました
ルージュひくたびにわかります

あの人追いかけてこの街へ着いた頃は
まだルージュはただひとつ　うす桜
あの人追いかけてくり返す人違い
いつか泣き慣れて

口をきくのがうまくなりました
ルージュひくたびにわかります

つくり笑いがうまくなりました
心馴染めない人にでも
つくり笑いがうまくなりました
ルージュひくたびにわかります

生まれた時から渡り鳥も渡る気で
翼をつくろうことも知るまいに
気がつきゃ鏡も忘れかけた　うす桜
おかしな色と笑う
つくり笑いがうまくなりました
ルージュひくたびにわかります

生まれた時から渡り鳥も渡る気で
翼をつくろうことも知るまいに
気がつきゃ鏡も忘れかけた　うす桜
おかしな色と笑う
つくり笑いがうまくなりました
ルージュひくたびにわかります

帰っておいで

帰っておいで帰っておいで　街角は冷たかろう
恋をなくして夢をなくして　街角は冷たかろう
帰っておいで帰っておいで　俺は寝たふりをする
煙草の続きがあるうちに　車に腕をのばせ
昔ある日どこかに　ばかな二人がいた
帰っておいで　帰っておいで　言い訳をつけながら

帰っておいで帰っておいで　泣くほどのことじゃない
俺は昔を忘れちまった　年でもとったのだろう
帰っておいで帰っておいで　そのままの足どりで
忘れた煙草をとりにくる　ふりをして戸を叩け
昔ある日どこかに　ばかな二人がいた
帰っておいで　帰っておいで　言い訳をつけながら
昔ある日どこかに　ばかな二人がいた

帰っておいで　帰っておいで　言い訳をつけながら

笑わせるじゃないか

笑わせるじゃないか
あたしときたら
あの人が　それとなく
うるさがって　いるのに
笑わせるじゃないか
あたしときたら
泣きついて　じゃれついて
ままごと気分

誰か教えてやれよと　声がする

気がついているわ
暗闇ガラスに映ってるもの
みんなわかってるわ
あの人が好きなひとも

笑わせるじゃないか
あの人とあたし
相性が合うなんて
占いを切り抜いて

笑わせるじゃないか
あの人からも
見えそうな　テーブルに
忘れるなんて

誰か教えてやれよと　声がする
気がついているわ

暗闇ガラスに映ってるもの
みんなわかってるわ
あの人が好きなひとも

ほっといてよ

ほっといてよ　あんた
あたしが泣いていても
どうせたいしたことじゃ
ないのに決ってる

こわれたブローチや
死んでった　のら猫や
冷たい男の夢くらい

もしも聞いてくれるものならば
聞いてほしいことは　山とある
けれど聞いてもらいすぎたなら
帰りづらくなりそう

ほっといてよ　あんた
グラスがあいていても
つがれればあるだけ
飲みほしてしまうから

ほっといてよ　あんた
あの人の悪口を
あたしに言わせてほしくない
もしも聞いてくれるものならば
聞いてほしいことは　山とある

けれど聞いてもらいすぎたなら
眠りづらく　なりそう

1976

彼女の生き方

酒とくすりで体はズタズタ
忘れたいことが　多すぎる
別れを告げて来た中にゃ
いい奴だって　居たからね

死んでいった男たち
呼んでるような　気がする
生きている奴らの
言うことなんか　聞かないが

彼女の人生　いつでも晴れ
そうさあたしは　タンポポの花
風に吹かれて　飛んでゆく

行きたい町へ　行きたい空へ
落ちると思えば　飛びあがる

浮気女と　呼ばれても
嫌いな奴には　笑えない
おかみさんたちよ　あんたらの方が
あこぎな真似を　してるじゃないか

彼女の人生　いつでも晴れ

思い通りには　動かない
世の中なんて　何もかも
だけどあたしだって　世の中の
思い通りなんか　動かない

彼女の人生　いつでも晴れ

ああ今日もまた裏街は
うわさ話の　花盛り
浮気な風を　追い払え
裏切り者を　たたき出せ

そうさあたしは　タンポポの花
風に吹かれて　飛んでゆく
行きたい町へ　行きたい空へ
落ちると思えば　飛びあがる

彼女の人生　いつでも晴れ

トラックに乗せて

おじさん　トラックに乗せて
おじさん　トラックに乗せて
次の町まで　いやでなければ
乗せて行ってよ　今夜は雨だよ

おじさん　邪魔になるようなら
おじさん　野良猫のように
ドアにすり寄って　眠っているから
乗せて行ってよ　今夜は雨だよ

どこか　曲がる所を　探して
はやく　角を曲がってしまおうよ
だって　バックミラーが　ちらちら揺れて
街の灯りがついて来るのよ　だから

おじさん　トラックに乗せて
おじさん　トラックに乗せて

次の町まで　いやでなければ
乗せて行ってよ　今夜は雨だよ

おじさん　口笛を吹いて
おじさん　懐しのメロディ
歌に合わせりゃ　言わずにすむわ
諦《あきら》めてきた　あの人の名前

どこか　曲がる所を　探して
はやく　角を曲がってしまおうよ
だって　バックミラーが　ちらちら揺れて
街の灯りがついて来るのよ　だから

おじさん　トラックはいつから
おじさん　トラックはいいね
揺れて揺られて　眠ったふりすりゃ
涙こぼれる時に　気づかない

どこか　曲がる所を　探して
はやく　角を曲がってしまおうよ
だって　バックミラーが　ちらちら揺れて
街の灯りがついて来るのよ　だから

おじさん　トラックに乗せて
おじさん　トラックに乗せて
次の町まで　いやでなければ
乗せて行ってよ　今夜は雨だよ
おじさん　トラックに乗せて
おじさん　トラックに乗せて

流浪《さすらい》の詩《うた》

さあママ　町を出ようよ
激しい雨の夜だけど
仕度は何もないから
はだしで　ドアをあけるだけ
形見になるようなものを
拾うのはおよし
次の町では　そんなものは
ただ　邪魔になるだけ

いつもこうなることぐらい
わかりきってるものだから
必ず町で一番
暗い酒場でママは待つ
こんどは西へ行こうか

それとも南
愚痴はあとから聞いてあげるから
今は泣かないで

東の風が吹く頃
長距離バスが乗せて来た
あの人の黄色いジャケツ
それから先は
おきまりどおりに家をとび出した
遠い遠い昔のこと

何度も人違いをしたわ
あの人にはめぐり逢えず
旅から旅をゆく間に
顔も忘れてしまってた
それでも旅を忘れて
悲しみを捨てて

ひとつ　静かに暮らしてみるには
わるくなりすぎた

いつか東風の夜は
あたしの歌を聴くだろう
死んでも旅をつづける
女の歌を聴くだろう
片手に　ママと名付けた
黒猫を抱いて
暗い夜道で風を呼んでいる
声を聴くだろう

東の風はいつでも
長距離バスを乗せて来る
あの人の黄色いジャケツ
それから先は
おきまりどおりに家をとび出した

遠い遠い昔のこと

さあママ　町を出ようよ
激しい雨の夜だけど
仕度は何もないから
はだしで　ドアをあけるだけ
形見になるようなものを
拾うのはおよし
次の町では　そんなものは
ただ　邪魔になるだけ

東の風が吹く頃
長距離バスが乗せて来た
あの人の黄色いジャケツ
それから先は
おきまりどおりに家をとび出した
遠い遠い昔のこと

風は東風　心のままに
いつか
飛んで 飛ばされて
砕け散るまで

だから
風は東風　心のままに
いつか
飛んで 飛ばされて
砕け散るまで

真直《まっすぐ》な線

真直な線を　引いてごらん
真直な線なんて　引けやしないよ
真直な定規を　たどらなきゃ……ね

真直な線を　引いてごらん
真直な線なんて　引けやしないよ
真直な定規を　たどらなきゃ……ね

あんたの胸の扉から
あたしの胸の扉まで
只の真直な線を引いてみて
それが只ひとつの願い

まんまるな円を　描いてごらん
まんまるな円なんて　描けやしないよ
円より丸いものを　たどらなきゃ……ね

あんたの胸の扉から
あたしの胸の扉まで
只の真直な線を引いてみて
それが只ひとつの願い

五才《いつつ》の頃

思い出してごらん　五才の頃を
涙流していた　五才の頃を
嘆く訳といえば　只のひとつも
思い出せなくとも　涙の味を
思い出してごらん　五才の頃を
風を追いかけてた　五才の頃を

宝物はいつも　掌のなか
居眠りをしながら　掌のなか

思い出してごらん　五才の頃を
手離しで泣いてた　五才の頃を
嘆く訳といえば　只のひとつも
思い出せなくとも　涙の味を

時は流れ過ぎて　大人になって
涙流しながら　泣けなくなった
思い出してみたら　悲しくなって
泣きだそうとしても　泣き顔がない

思い出してごらん　五才の頃を
手離しで泣いてた　五才の頃を
思い出してごらん　五才の頃を
涙流していた　五才の頃を

冬を待つ季節

おまえが　いなくなった後も
春は　くり返してる
花はおまえが　咲かせたわけじゃ
ないと　言いたがってる

もう　知らん顔して
歩きだす時なのに
春夏秋は　冬を待つ季節
春夏秋は　冬を待つ季節

おまえが　いなくなった後も
夏は　くり返してる
別れは　夏の冗談だと
思い込みたがってる

もう　知らん顔して
歩きだす時なのに
春夏秋は　冬を待つ季節
春夏秋は　冬を待つ季節

おまえの姿　埋もれさせて
秋は　降りつもってる
すべて私が　隠せるわと
自慢げに　降りしきる

おまえが　消えちまった後も
時は　くり返してる
おまえのための　俺じゃないと
うそぶいて　過ぎてゆく
もう　知らん顔して

歩きだす時なのに
春夏秋は　冬を待つ季節
春夏秋は　冬を待つ季節
春夏秋は　冬を待つ季節

03時

あたいを見かけた噂《うわさ》を聞いて
あんたが港へ発《た》つ汽車と
居所持たずの　あたいを乗せた
夜汽車が03時にすれ違う
忘れてゆくなら
窓もこんなに　滲《にじ》みゃしない

あんたの涙と　あたいの涙
夜汽車は03時にすれ違う

そのまま切るなと話は続く
あたいは受話器の手を離す
やさしい夜汽車が着かないうちに
あたいは今夜も町を出る

忘れてゆくなら
窓もこんなに　滲みゃしない
あんたの涙と　あたいの涙
夜汽車は03時にすれ違う

あんたを乗せてる　まばゆい窓が
あたいにゃ何故でも見られない
似合いの暮らしをつづけるために
あたいは今夜も町を出る

忘れてゆくなら
窓もこんなに　滲みゃしない
あんたの涙と　あたいの涙
夜汽車は03時にすれ違う
あんたの涙と　あたいの涙
夜汽車は03時にすれ違う

うそつきが好きよ

ああ　月の夜は　ああ　夢になれよ
夜露まじりの　酒に浮かれて

嘘がつけたら　すてきだわ
裏切られた　思い出も
口に　出せば　わらいごと

耳に聞こえた　話はみんな
明日の朝には　みずしらず
酒が胸の　メモ帳を
破り捨てて　くれるだろう

自慢話は嫌い　約束事は恐《こわ》い
嘘を抱えた両手　そっと開けて口説いてよ

叶《かな》えられない願いを抱いて
ある日男は夢になる
好きよ　好きよ　嘘つきは
牙《きば》の折れた　手負い熊

背なにかくれて　のぞいてみせる
淋しがり屋の　哀しみを
酒と嘘で　笑わせて
前の席へ　誘い出せ

そうよあたしは　空で生まれて
雲に抱かれて　夢を見た
癖が今も　抜けなくて
酒を飲んじゃあ　「とんでる」わ

ああ　月の夜は　ああ　夢になれよ

自慢話は嫌い　約束事は恐い
嘘を抱えた両手　そっと開けて口説いてよ
叶えられない願いを抱いて
ある日男は夢になる

好きよ　好きよ　嘘つきは
牙の折れた　手負い熊

妬《や》いてる訳じゃないけれど

妬いてる訳じゃないけれども
今夜は　眠れない
誰かあたしを　おさえていてよ
少しのあいだ

あたしを乗せない船が
今日も　港出るところ
誰かあたしを　おさえていてよ
少しのあいだ

妬いてる訳じゃないけれども
あたしは　どうなるの
誰かあたしを　迎えに来てよ
祭りの中へ

あたしを乗せない船が
今日も　港出るところ
誰かあたしを　迎えに来てよ
祭りの中へ

あたしを乗せない船が
今日も　港出るところ
誰かあたしを　覚えていてよ
少しのあいだ
誰かあたしを　覚えていてよ
少しのあいだ

誰かあたしを　覚えていてよ
死ぬまで……ずっと

強がりはよせヨ

強がりはよせヨと笑ってよ
移り気な性質《たち》よと答えたら
それならば唇かみしめて
なぜ目をそらすかと　問いつめて

いつからこんなふうになったのか
子供のようには戻れない
強がりはよせヨと笑われて
淋しいと答えて　泣きたいの

生意気をいうなと笑ってよ
ひとりが好きなのと答えたら
それならこの俺の行くあてを
どうしてたずねると　問いつめて

いつからこんなふうになったのか
やさしい女に戻れない
強がりはよせヨと笑われて
淋しいと答えて　泣きたいの

いつからこんなふうになったのか
子供のようには戻れない
強がりはよせヨと笑われて
淋しいと答えて　泣きたいの

強がりはよせヨと笑われて

淋しいと答えて　泣きたいの

明日靴がかわいたら

明日　靴がかわいたら　長い坂をおりて
となり町のふもとまで　大切な買い物に
古い靴のひもは切れかかり　新しいのが要る
早くとなり町へ買い物に　急いで歩いてゆく
　坂のこちらには店がない
　となり町へ歩かなければ
　この靴はとなりの町角で
　もらったものだから
明日　濡れた靴がかわいたら
となり町へ買い物に

長い坂をおりたなら　広い河を渡る
となり町へ入るには　河を越えるほかはない
広い河に足を踏みこめば　靴ひもは切れかかる
まるでいまにも水の中　ちぎれそうな雲のように
　坂のこちらには店がない
　となり町へ歩かなければ
　この靴はとなりの町角で
　もらったものだから
明日　靴のひもが切れぬ間に
河を越えて買い物に
　坂のこちらには店がない
　となり町へ歩かなければ
　この靴はとなりの町角で
　もらったものだから
明日　白い靴に戻れたら

わすれ鳥のうた

あたいの名前は　わすれ鳥
いつでも笑える　わすれ鳥
やけに明るい　ブルースを
昼でも夜でも　うたってる

あたいをたずねて　みたいなら
悪口づたいに　来るがいい
風に悪気が　ない限り
風見のうわさにゃ　うそがない

あばずれ女に　伊達《だて》男
似合いの役者と　人は呼ぶ
下手なてあいに　まかすより
出まかせ芝居は　さまになる

ところがあたいの　ト書きには
いつでもきまって　かいてある
ふられまぎわの　居直りを
笑って語ると　書いてある

うらぎりせりふの　かたきには
だれでも同じと　人はいう
今に明かせば　その中に
同じじゃないのも　まじってた

それでもあたいは　わすれ鳥
笑わせ芝居の　わすれ鳥

たまに違えて　みようにも
あと追うセリフが　うかばない
あゝ　港ではいつの世も
あわれ女は　笑顔がうまい

あたいは港の　わすれ鳥
さよなら芝居の　わらい鳥
たまに泣かせて　みようかと
夜風が今夜も　戸をたたく

あばよ

なにもあの人だけが世界じゅうで一番
やさしい人だと限るわけじゃあるまいし

たとえばとなりの町ならばとなりなりに
やさしい男はいくらでもいるもんさ

明日も今日も留守なんて
見えすく手口使われるほど
嫌われたならしょうがない
笑ってあばよと気取ってみるさ
泣かないで泣かないで　あたしの恋心
あの人はあの人は　おまえに似合わない

あとであの人が聞きつけてここまで来て
あいつどんな顔していたとたずねたなら
わりと平気そうな顔しててあきれたねと
忘れないで冷たく答えてほしい

明日も今日も留守なんて
見えすく手口使われるほど

嫌われたならしょうがない
笑ってあばよと気取ってみるさ
泣かないで泣かないで　あたしの恋心
あの人はあの人は　おまえに似合わない

明日も今日も留守なんて
見えすく手口使われるほど
嫌われたならしょうがない
笑ってあばよと気取ってみるさ
泣かないで泣かないで　あたしの恋心
あの人はあの人は　おまえに似合わない
泣かないで泣かないで　あたしの恋心
あの人はあの人は　おまえに似合わない

夜風の中から

夜風の中から　お前の声が
おいらの部屋まで　飛んでくる
忘れてしまった　証拠のように
笑っているわと　見せつける

浮気でやくざな　女が今夜どこで
どうしていようと　知った事じゃないが
けれどそこいらは　おいらが遠い昔
住んでた路地だと　お前は知らぬ

そこにはお前を　そんなにいつも
笑わす何かが　落ちているか
おいらの顔など　見たくもないと
夜風に手紙を　書いてくる

浮気でやくざな　女が今夜どこで
どうしていようと　知った事じゃないが
けれどそこいらは　おいらが遠い昔
住んでた路地だと　お前は知らぬ

うらぶれ通りで　お前が雨に
ふるえているから　眠れない
そこから曲がって　歩いた右に
朝までやってる　店があるぜ

浮気でやくざな　女が今夜どこで
どうしていようと　知った事じゃないが
けれどそこいらは　おいらが遠い昔
住んでた路地だと　お前は知らぬ
けれどそこいらは　おいらが遠い昔

住んでた路地だと　お前は知らぬ

忘れられるものならば

遠く遠く遠く遠く
続く旅の明け暮れに
いつかいつか忘れかけた
旅に出たわけさえも

風が窓を叩く夜は
眠ることを妨げる
追いかけても　追いかけても
とどかなかった鳥の名が

忘れられるものならば
もう　旅になど出ない
忘れられるものならば
もう　古い夢など見ない

遠く遠く遠く遠く
夢はいつか遠のいて
あきらめても　あきらめても
差し出す腕が戻せない

眠り込んでしまうために
あおる酒も空になり
酔いきれない胸を抱いて
疲れた靴を履きなおす

忘れられるものならば
もう　旅になど出ない

忘れられるものならば
もう　古い夢など見ない

LA-LA-LA

明日　朝目覚めたら
あたしはもう消えてるわ
呼んでみても無駄なこと
その頃夜汽車は　となり町

遠い昔は　こんなあたしでも
あいつの話は　信じ込んだ
そのお返しにあいつは愛を
信じるなと教え込んだ

約束はさせないで
守りきれたことがない
それと知って待つならば
逃げても浮気と責めないで

いい人だよ　あんたは
紅いバラも嬉しかった
気にかかる人だけど
夜汽車が表で　待ってるの

遠い昔は　こんなあたしでも
あいつの話は　信じ込んだ
そのお返しにあいつは愛を
信じるなと教え込んだ

約束はさせないで

守りきれるはずがない
それと知って待つならば
逃げても浮気と責めないで

雨が空を捨てる日は

雨が空を　捨てる日は
忘れた昔が　戸を叩く
忘れられない　優しさで
車が着いたと　夢を告げる
　空は風色　ため息模様
　人待ち顔の　店じまい
雨が空を　見限って
あたしの心に　のり換える

雨が空を　捨てる日は
直しあきらめる　首飾り
ひとつふたつと　つなげても
必ず終わりが　見あたらない
　空は風色　ため息模様
人待ち顔の　店じまい
雨が空を　見限って
あたしの心に　降りしきる
　空は風色　ため息模様
人待ち顔の　店じまい
雨が空を　見限って
あたしの心に　降りしきる

あぶな坂

あぶな坂を越えたところに
あたしは住んでいる
坂を越えてくる人たちは
みんな　けがをしてくる
　橋をこわした　おまえのせいと
　口をそろえて　なじるけど
遠いふるさとで　傷ついた言いわけに
坂を　落ちてくるのが　ここからは見える

今日も　だれか　哀れな男が
坂を　ころげ落ちる
あたしは　すぐ　迎えにでかける
花束を　抱いて
　おまえがこんなやさしくすると

いつまでたっても　帰れない
遠いふるさとは　おちぶれた男の名を
呼んでなどいないのが　ここからは見える

今日も坂は　だれかの痛みで
紅く　染まっている
紅い花に　魅かれて　だれかが
今日も　ころげ落ちる
おまえの服が　あんまり紅い
この目を　くらませる
遠いかなたから　あたしの黒い喪服を
目印にしてたのが　ここからは見える

あたしのやさしい人

あの人が　言うの
お前が　ダメになる
なんで　そんなことばかり
言うのかしら
　あたしはあんたの
　腕の中で
　眠るわけにゃいかないわ
あたしの　やさしい人
あんたは　やさしすぎる

あの人が　言うの
お前は　そこに居ればいいって
なんだって　そう
しばりつけておきたいのさ

あたしはあんたの
胸の中じゃ
夢も　見られないわ
あたしの　やさしい人
あんたは　やさしすぎる

あたしはあんたの
胸の中じゃ
夢も　見られないわ
あたしの　やさしい人
あんたは　やさしすぎる
あたしの　やさしい人
なんて　やさしすぎる人
あたしの　やさしい人
なんて　やさしすぎる人

信じられない頃に

信じられない頃に
あなたが　やって来たの
何も悪くはないの
そんな　頃だった　だけなのよ

あなたが早く　来てくれないと
誰より　早く　来てくれないと
信じられない　季節の淵《ふち》に
すぐに沈んで　しまうものなのよ

なんて　不幸な　あなた
そして　不幸な　私
裏切り続けるのは
言うほど楽じゃない　ことなのよ

信じられない頃に
あなたは愛を告げる
甘くやさしい声が
何もかもを嘘にみせかける

あなたが早く　来てくれないと
誰より早く　来てくれないと
忘れられない　悲しみなんて
すぐに覚えて　しまうものなのよ

なんて　不幸な　あなた
そして　不幸な　私
裏切り続けるのは
言うほど楽じゃない　ことなのよ
言うほど楽じゃない　ことなのよ

ボギーボビーの赤いバラ

ボギーボビーの赤いバラ
むかしは　きれいに　咲いていた
ボギーボビーの赤いバラ
むかしは　きれいに　笑ってた
　捨てただろう　捨てただろう
　枯れてしまったから
ボギーボビーの赤いバラ
あれから　二度と　笑わない

ボギーボビーの赤いバラ
むかしは　いつも　うたってた
ボギーボビーの赤いバラ
時の流れを　知らぬまま
　捨てただろう　捨てただろう

枯れてしまったから
ボギーボビーは砂時計
いつか　こぼれて　影もなし

捨てただろう　捨てただろう
枯れてしまったから
ボギーボビーは砂時計
いつか　こぼれて　影もなし
影もなし

海よ

海よ　おまえが　泣いてる夜は
遠い　故郷の　歌を歌おう

海よ　おまえが　呼んでる夜は
遠い　舟乗りの　歌を歌おう
時は　いま　いかりをあげて
青い馬に　揺れるように
心の荷物たちを
捨てにゆこうね
海よ　わたしが　泣いてる夜は
遠い　故郷へ　舟を運べよ
海よ　おまえは　覚えているか
若い　舟乗りの　夢の行方を
海よ　おまえは　覚えているか
そして　帰らない　小舟の数を
この歌は　舟乗りの歌
若い　舟乗りの歌
故郷の島を離れ
今日も　さまよう

海よ　わたしを　愛するならば
今宵《こよい》　故郷へ　舟を運べよ
海よ　わたしを　愛するならば
今宵　故郷へ　舟を運べよ

踊り明かそう

さあ指笛を　吹き鳴らし
陽気な歌を　思い出せ
心の憂さを　吹き飛ばす
笑い声を　聞かせておくれ
　上りの汽車が出る時刻
名残りの汽笛が鳴る

あたし一人ここに残して
　あの人が逃げてゆく

さあ指笛を　吹き鳴らし
陽気な歌を　思い出せ
心の憂さを　吹き飛ばす
笑い声を　聞かせておくれ

ここに居るのは　酔いどれと
噺《はなし》のうまい　奴ばかり
酒のひとわたりも　すれば
浮かれた気分に　すぐなれる

　上りの汽車が出る時刻
名残りの汽笛が鳴る
あたし一人ここに残して
あの人が逃げてゆく

さあ踊り明かせ　今夜は
気の狂うまで　死ねるまで
賭《か》けてもいいよ　あの人は
二度と迎えになんか来ない

上りの汽車が出る時刻
名残りの汽笛が鳴る
あたし一人ここに残して
あの人が逃げてゆく

さあ踊り明かせ　今夜は
気の狂うまで　死ねるまで
賭けてもいいよ　あの人は
二度と迎えになんか来ない
二度と迎えになんか来ない
二度と迎えになんか来ない

ひとり遊び

もう長いこと　あたしは　ひとり遊び
独楽《こま》を回したり　鞠《まり》をついたりして
日も暮れるころ　あたしは追いかけるよ
独楽を抱えた　影のあとをね
　鬼さんこちら　手の鳴るほうへ
　鬼さんこちら　手の鳴るほうへ
　鬼さんこちら　手の鳴るほうへ
　鬼さんこちら　手の鳴るほうへ
　あたしの影を　追いかけて
　あたしの影を　追いかけてよ……
もう長い影　果てない　ひとり遊び
声は　自分の　泣き声ばかり
日も暮れ果てて　あたしは追いかけるよ

影踏み鬼は　悲しい遊び
鬼さんこちら　手の鳴るほうへ
鬼さんこちら　手の鳴るほうへ
鬼さんこちら　手の鳴るほうへ
鬼さんこちら　手の鳴るほうへ
あたしの影を　追いかけて
あたしの影を　追いかけてよ……

悲しいことはいつもある

だれも　悪くは　ないのに
悲しい事なら　いつもある
願いごとが　叶《かな》わなかったり
願いごとが　叶いすぎたり

だれも　悪くは　ないのに
悲しい事は　いつもある
願いごとが　叶わなかったり
願いごとが　叶いすぎたり
だれも　悪くは　ないのに
悲しい事は　いつもある
悲しい事は　いつもある

歌をあなたに

何ンにも　言わないで　この手を握ってよ
声にならない歌声が　伝わってゆくでしょう
どんなに悲しくて　涙　流れる日も

この手の中の　歌声を　受け取ってほしいのよ
それが私の心　それが私の涙
なにも　できない替わり　今　贈る
歌おう　謳《うた》おう　心の限り
愛をこめて　あなたのために

そうよ　目を閉じないで　明日を探すのよ
誰も助けはしないから　あなたが探すのよ
あんまり淋しくて　死にたくなるような日は
この手の中の歌声を　受け取って歩くのよ
いつか夢みたような　いつか忘れたような
夢を　たずねる人に　今　贈る
歌おう　謳おう　心の限り
愛をこめて　あなたのために
歌おう　謳おう　心の限り
愛をこめて　あなたのために

渚《なぎさ》便り

涙色した貝は
私の心
あなたの指から
こぼれ落ちた 波のしずく
サヨナラは 砂の色
私の手をはなれ
キラキラキラと
光の中で 輝いているわ

風に吹かれて 渚にいれば
みんな きれいに 見えてくる
悲しいはずの 思い出も
やさしい出来事に 見えてくる

風とたわむれながら

カモメが一羽
波から波のしぶきを
越えて　ひくく　飛んでゆく
サヨナラの物語
やさし歌に　変えて
甘い調べを　ささやきながら
漂ってゆくわ

風に吹かれて　渚にいれば
みんな　きれいに　見えてくる
悲しいはずの　思い出も
やさしい出来事に　見えてくる

風に吹かれて　渚にいれば
みんな　きれいに　見えてくる
悲しいはずの　思い出も
やさしい出来事に　見えてくる
やさしい　出来事に　見えてくる

こんばんわ

忘れていたのよ　あんたのことなんて
いつまでも　忘れてるつもりだったのに

こんばんわ　久しぶりね
どうにか無事でいるようね
どうしたの
知らん人を見るような眼をしてさ
あれから　何をやってもうまくはいかず
あの町この町　渡ったよ
こんばんわ　久しぶりね
あたしにも　飲ませてよ

こんばんわ　昔ここに
猫とやさしい人がいた

恋しくて　寄ってみたよ
いまはどうしてるの
あれから　何をやってもうまくはいかず
あの町この町　渡ったよ
こんばんわ　久しぶりね
あたしにも　飲ませてよ

あれから　何をやってもうまくはいかず
あの町この町　渡ったよ
こんばんわ　久しぶりね
あたしにも　飲ませてよ

強い風はいつも

強い風はいつも　ボクらの上に
ひとつの渦巻きを　残してゆくのか
強い雨はいつも　ボクらの上に
ひとつの水たまりを　残してゆくのか
　押し寄せる波は
どこから生まれて　生まれて来るのか

強い日ざしはいつも　ボクらの上に
ひとつの長い影を　残してゆくのか
強い愛はいつも　ボクらの胸に
ひとつの悲しみを　残してゆくのか
　追いかける夢は
どこまで果てしなく　どこまで続くのか

●
1975

時代

今はこんなに悲しくて
涙も　枯れ果てて
もう二度と　笑顔には
なれそうも　ないけど

そんな時代も　あったねと
いつか話せる　日が来るわ
あんな時代も　あったねと
きっと笑って　話せるわ
だから今日は　くよくよしないで
今日の風に　吹かれましょう

まわるまわるよ　時代は回る
喜び悲しみ　くり返し

今日は別れた　恋人たちも
生まれ変わって　めぐり逢うよ

旅を続ける　人々は
いつか故郷に　出逢う日を
たとえ今夜は　倒れても
きっと信じて　ドアを出る
たとえ今日は　果てしもなく
冷たい雨が　降っていても

めぐるめぐるよ　時代は巡る
別れと出逢いを　くり返し
今日は倒れた　旅人たちも
生まれ変わって　歩きだすよ
まわるまわるよ　時代は回る
別れと出逢いを　くり返し

今日は倒れた　旅人たちも
生まれ変わって　歩きだすよ

まわるまわるよ　時代は回る
別れと出逢いを　くり返し
今日は倒れた　旅人たちも
生まれ変わって　歩きだすよ
今日は倒れた　旅人たちも
生まれ変わって　歩きだすよ

傷ついた翼

時は流れゆき　想い出の船は港をはなれ

通りすぎてゆく人達も　今はやさしく見える
そんなある日　想い出すわ　あの愛の翼
こおりつく夜を歩いてた　私の心のせて
朝のくる街をたずねて　秘《ひそ》かに去った
どこにいるの
翼をおって　悲しい想いをさせたのね
飛んでいてねあなたの空で　私きっとすぐにゆくわ

そうね　あの頃は悲しくて　だれの言葉も聞かず
愛の翼にも気づかずに　つきとばしてきたのよ
何も言わぬひとみの色　今見える
愛は一人、一人になって　やっとこの手に届いたの
飛んでいてねあなたの空で　私きっとすぐに行くわ

傷ついた翼思うたび　胸ははげしく痛む
遅すぎなければ　この想いのせて　もう一度飛んで
泣いているわ　愛の翼　今見える

愛は一人、一人になって　やっとこの手に届いたの
飛んでいてねあなたの空で　私きっとすぐに行くわ

アザミ嬢のララバイ

ララバイ　ひとりで　眠れない夜は
ララバイ　あたしを　たずねておいで
ララバイ　ひとりで　泣いてちゃみじめよ
ララバイ　今夜は　どこからかけてるの
　春は菜の花　秋には桔梗《ききよう》
　そして　あたしは　いつも夜咲くアザミ
ララバイ　ひとりで　泣いてちゃみじめよ
ララバイ　今夜は　どこからかけてるの

ララバイ　なんにも　考えちゃいけない
ララバイ　心に　被《おお》いをかけて
ララバイ　おやすみ　涙をふいて
ララバイ　おやすみ　何もかも忘れて
　春は菜の花　秋には桔梗
　そして　あたしは　いつも夜咲くアザミ
ララバイ　おやすみ　涙をふいて
ララバイ　おやすみ　何もかも忘れて

　春は菜の花　秋には桔梗
　そして　あたしは　いつも夜咲くアザミ
ララバイ　ひとりで　眠れない夜は
ララバイ　あたしを　たずねておいで
ララバイ　ひとりで　泣いてちゃみじめよ
ララバイ　今夜は　どこからかけてるの

　ララバイ　ララバイ　ララバイ　ララララ

ラララバイ　ラララバイ　ラララバイ　ララララ
ラララバイ　ラララバイ　ラララバイ　ラララ

さよならさよなら

さよなら　さよなら
今は　なにも　言わないわ
さよなら　さよなら
今は　なにも　言えないわ
楽しいことだけ　想い出す
あなたに　幸せを
さよなら　さよなら
いつか　街で　出逢ったら
はじめて　出逢った人の

言葉　かわしましょう

さよなら　さよなら
恋は　いつか　終わるもの
涙は　みせずに
違う電車　待ちましょう
　楽しいことだけ　想い出す
　あなたに　幸せを

さよなら　さよなら
今は　なにも　言わないわ
さよなら　さよなら
今は　なにも　言えないわ

あたし時々おもうの

あたし時々おもうの
命は　いったいどれだけ
どれだけのことを　できるものかしら

いつのまにか　いつのまにか　命の終わり
あたしたちが　若くなくなったとき
あたしたちは　まだ
いつか　いつかと
声をかけあうことがあるかしら
命は　命は
なんにもしないうちに　終わってしまうから
「若い時」なんて　あたしたちにも　もう、ないの
いつのまにか　いつのまにか　命の終わり

あたしたちが　若くなくなったとき
あたしたちは　まだ
いつか　いつかと
声をかけあうことがあるかしら
命は　命は
なんにもしないうちに　終わってしまうから
「若い時」なんて　あたしたちにも　もう、ないの

若くなくなったあたしたちは
いったい　どんな顔をして
行きかえばいいの
いったい　どんな顔をして

あたし、時々　おもうの

大好きな「私」

谷川俊太郎

歌うことを前提にして書かれたことばを活字で読むのは、歌を聞くのとは全く違った体験を人に強いる。歌の魅力が時にことば以上に、そのメロディやリズムや歌い手の声によっていることは誰もが知っている。もう三十年も昔のことだが、アメリカのコントラ・アルト、マリアン・アンダソンの歌うシューベルトの「アベ・マリア」を聞いて、そのことを初めて痛切に感じたのを今も忘れない。私が感動したのは「アベ・マリア」の中のごく短いパッセージにすぎない。それはマリアのリの音がアに開いていくほんの数秒で、だがその瞬間に受けたなにか世界が限りなくひろがっていくような感動を、いまだに私はことばにすることができない。そしてまた、ゴスペル・シンガーのマヘリア・ジャクソンが一九五八年のニューポート・ジャズフェスティバルで歌った「主は雀を見守りたもう」の中の、「私は歌う、何故なら私の魂は幸せだから、私は歌う、何故なら私は自由だから」という歌声も、いつまでも私のうちに谺《こだま》している。活字で読めば平凡きわまりないその二行が、マヘリアの声で歌われた時、どんなに深いひろがりを感じさせてくれることか。

歌はことばの隠している意味と感情を増幅する、あるいは誇張すると言ってもいいかもしれない。だがそうすることで、歌は私たちがふだんとらえ損なっていることばの意味と感情を新しくよみがえらせてくれる。メロディとリズムに支えられたひとりの生身の歌い手の声がそれを可能にするのだ。だから活字になった歌のことばは、ある意味ではぬけがらにすぎないと言えるかもしれない。しかしまた音楽と声の助けなしにことばを読むことで、私たちは歌の肉体だけでなく、骨格とでもいうべきものを知ることができる。特にそのことばが、歌い手自身によって書かれている場合には、ひとりの歌い手の心の中にわけいることさえできるのだ。ことばと音楽と声はひとつの歌のうちで、決して分解できぬものとして存在しているのだが、書物は音楽にあふれたスタジオやコンサートホールとはまた違った静けさに人を導く。そのような静けさのうちでしか聞くことのできない隠された声、それを詩と呼んでもいいのではないだろうか。

「夜曲」の主人公はひとりの女の歌手である。その主人公の一人称で、作者である中島みゆきはことばを書き、歌を歌っている。それがいつのことかは分からないが、主人公は男と別れていて、ことばはその別れた男にむかって、主人公が歌いかけるという形式をとっている。主人公の歌手はどうやら作者に似て売れっ子らしい、その歌は深夜ラジオを通して街に流れているのだから。この歌を聞く者が、主人公を中島みゆき自身ととり、そこに彼女の私生活のにおいをかぎとろうとし、ひいては相手である男、彼女が「あなた」と呼びかけているのは誰だろうと、余計な詮索を始めたとしても責めるわけにはいかないかもしれない。この歌には聞く者のそういう心の動きを期待しているようなところもあるのだから。だが、「夜曲」に登場する「私」を、そんなに単純に作者中島みゆきその人であるととらえてしまっていいのだろうか。

「夜曲」というひとつの物語の主人公である歌手、その物語のことばを書いた書き手、それを作曲した作曲者、それを歌った歌手、そしてそれらすべての源である中島みゆき自身……図式的であることを承知の上で考えてみると、そこには何人もの「私」が重なりあって存在しているのが分かる。もちろん作者の「私」がそんなふうに分裂しているわけではない。だが、この一見単純な恋唄がたどってきた創作の過程は、決して単純なものではないのだ。少なくともそこには虚構があり、演技がある。それは歌に限らず創作ということの避けられぬ一面で、それを通してしか作者は読者や聴衆とむすびつくことができない。

もし「私」が中島みゆき自身だとすれば、「あなた」である男は私たちにとって全く見知らぬ人であるはずだ。しかしこの歌を聞く者は、多かれ少なかれ自分自身が「あなた」と呼びかけられているかのように感ずる。そのような力がこの歌にはある。「あなた」という二人称は、歌の中で、特定の誰それを指すことばではなくなって、歌を聞く者を離れて私たちひとりひとりにむけられたことばになる。その時「私」という一人称もまた、私たちひとりひとりの中に入りこむ、私たちは「あなた」になると同時に「私」にもなるのだ。歌手だけが主人公なのではなく、歌いかけられている見えない男もまた主人公であることが分かるのだ。私たちはそうして主人公から男へと流れている、強い感情の流れに身を浸す。とともに、そのような感情が生まれる土壌である都市という空間、深夜ラジオが人と人をむすぶこともあるような街のもつ、一種の叙情性とその中での孤独にも目覚める。そこには多分作者自身の経験が生きている、そして意識的であれ無意識的であれ、計算も働いているに違いない。

何年か前に中島みゆきに会った時、私の書いた「うそとほんと」という短詩がいいと言ってくれたことがある。「うそはほんとによく似てる／ほんとはうそによく似てる／うそとほんとは／双生児　うそはほんととよくまざる／ほんとはうそとよくまざる／うそとほんとは／化合物　うその中にうそを探すな／ほんとの中にうそを探せ／ほんとの中にほんとを探すな／うその中にほんとを探せ」という詩である。のちにある対談の中で彼女は「あそこまで言われちゃうと、私、ナンにもやることないんだけどさ」と言っていて、それは私の書いたものをほめてくれているというよりは、彼女自身の書きかた、歌いかた、ひいては人間観を語っているようで興味深かった。

中島みゆきは録音中に、自分の歌を歌いながら泣くことがある、泣きながら歌った歌をそのままレコードにして発売している例もある。その事実は多くの人を困惑させてきた。私自身も対談中にいささかしつこくそのことについて彼女に質問し、「おしえてあげないの」という返事の繰り返しで見事にかわされた経験がある。面白いのは実際の対談中には、彼女はたしかもっとあいまいな答えかたをしていて、校正刷に手を入れる段階で「おしえてあげないの」という、十分計算されたことばが出てきたことだ。その

「おしえてあげない」ことの中身におそらく中島みゆきの創作の秘密の少なくとも一部が隠されている。それを彼女は自分自身にさえ隠しておきたいのではないだろうか。うそとほんとが分かちがたく溶け合っている心とからだの一番奥深いところ、歌はそこに根を下ろしている。

「うらみ・ます」を初めて聞いて、たじろがない人はいないのではないか。泣きながら歌う中島みゆきの声は余りにも私的だ。実際に彼女は特定の誰かをうらんでいて、その感情をまっすぐに歌っているのだと私たちは思いこむ。だが、同時に私たちはそれが演技なのではないかとも疑う。しかしそういういわば、うそかほんとかという二元論で語ることのできるのは、せいぜいが作者にまつわるゴシップくらいのもので、歌はそこからはみ出していく。そのような目で読む時、例えば題名の「うらみ・ます」の、うらみとますの間に入っている黒い小さな点はいったいなんだろうというようなことが気にかかってくる。一息に言うのではなく、いったん息をのみこんでいて、その微妙なためらいのようなものが、うらんでいる自分をみつめる、もうひとりの自分の存在を感じさせる。黒い点はいわばからだからわき出る自然な感情の流れを、意味で中断する。

どんなに日常会話に似せて書かれているとしても、歌のことばは日常の会話とは違う次元に属していて、それがひとつのかたちをとることは避けられず、「うらみ・ます」も例外ではない。もしそうだとすれば、中島みゆきの歌いかたに、そのかたちをわざと壊すことで、ある珍しい表現をめざすという意図が、結果としてこめられていたことになるとしても不思議ではない。そのために彼女が、まず個人的な感情を歌のエネルギー源として用いたとしても、それは誰もがやっていることにすぎない。レコードの「うらみ・ます」はスタジオ・ライブで、しかも一回だけの録音でできたということだ。そういう選択にも作者の意図が感じられる。それは賞をもらって泣く新人歌手の涙とは、似ても似つかぬものだ。私たちがもしあの歌にある種の恥ずかしさを感じたとすれば、それは中島みゆき自身がなまなましいからではなくて、彼女の恐らくは半分無意識の計算が、歌の世界の約束事を壊したことに対してだろう。しかしそれを、歌が商品となって売買されるこの時代に対する、あるいはまたそういう世界に住む自分自身に対する、ひとつの抗議ととることもまた、私たちの自由なのだ。

　中島みゆきは私との対談の中で、こんなふうに語っている。「たとえば、誰かがうんとあたしのことを思ってくれるとするでしょう。でも、どんなに思ってくれたとしても、それ以上にあたしを思う人が必ずいるわけ。それはあたし自身なの、あたしがあたしを一番好きなの。……（自分の嫌なところなんか）いっぱいあるけど、全部ひっくるめてすごく好き」。どんなに自己嫌悪を口にする人にも、自己愛は隠れているものだと思うけれど、こういうふうにあっけらかんと自分ののろけを言う人は珍しい。だがこれは額面通りに受けとっていいと私は思う。彼女の虚構や演技の底には、臆面もない自己陶酔もまたあるのだ。自己肯定の強さ、あるいはもっと端的に言えば、うぬぼれは歌い手にとって有利に働きこそすれ不利に働くということはない、それは歌というものを支える生命力そのものと言えるからだ。「うらみ・ます」は、詩を書きながら自分の詩に感動して泣いたという、武者小路実篤の逸話を思い出させるが、その涙は、発せられた瞬間に自分のものではなくなり、他者との共有物になることばの存在ぬきにしては考えられない。

マス・メディアを通して彼女が私たちに示す自分のイメージは、はっきりした両面性をもっている。ひとつは多くの彼女の歌に現れている、報われぬ愛に苦しむ女の姿で、もうひとつはディスク・ジョッキーやコンサートでの語り、それに彼女の書く文章に現れる、笑うのが好きで、曲がったことがきらいで、いわゆる芸能人としての限界の中で、できるだけ当たり前な感覚、当たり前な生活を失うまいとしている女の姿である。もちろん彼女には同時代への抗議や皮肉を歌った歌も少なくないから、歌と語りをその両面に対応させることはできないし、そのどちらがほんとうの中島みゆきかをうんぬんするのも意味がない。レコード・ジャケットや本などに現れる彼女自身の写真が、その両面を示すように見えながら、実は注意深く一種の宙ぶらりんともいうべき抽象性を保っているのは、商売上の要請もあるかもしれないが、中島みゆき自身が大好きな「私」を、ひとつの限定された役割の中に閉じこめまいとしている努力の現れと見ることもできる。

「私」は私ひとりで生きていくことはできない、私は他との関係の中で「私」になる。虚構も演技も、うそもほんとも、どうにかして他とかかわりたいという望みを捨てない人間の生み出した方法論かもしれない。どんな「私」も近よって見れば複雑なものだ。生きて動いている自分をごまかさずにみつめればみつめるほど、自分が分からなくなってくる。さまざまな面を見せる「私」、さまざまな層を隠している「私」、中島みゆきはそういう自分に正直なだけだ。彼女の書くことばの中に名文句を探すのはたやすい。同時に使い古された決まり文句を拾い出すのも難しくはない。だがそれらは別々なものではなく、一体になって歌の魅力を生み出している。歌は決まりきったことばに新しい感情を与える、そしてまた誰でもが知っている慣れきった感情に、新しいことばをもたらす。歌を書く者も聞く者も、そうやって未知の「私」を発見し続けていくのだ。

中島《なかじま》みゆき全歌集《ぜんかしゅう》 1975－1986 朝日文庫

2015年11月30日 第1刷発行
2024年 6 月30日 第6刷発行

著 者 中島《なかじま》みゆき

発 行 者 宇都宮健太朗
発 行 所 朝日新聞出版
〒104-8011 東京都中央区築地5-3-2
電話 03-5541-8832(編集)
03-5540-7793(販売)
印刷製本 図書印刷株式会社

Published in Japan by Asahi Shimbun Publications Inc.
定価はカバーに表示してあります

ISBN978-4-02-261841-2

バイオグラフィー

ディスコグラフィー

歌詞索引

バイオグラフィー

'52. 2.23　札幌に生まれる。本名は、中島美雪
'74. 3.　札幌藤女子大学・国文学科卒業
'75. 5.18　第9回ポプコン本選会に『傷ついた翼』で入賞
10.12　第10回ポプコン本選会に『時代』でグランプリ受賞
11.　第6回世界歌謡祭に『時代』でグランプリ受賞
'76. 4. 3　ＴＢＳラジオ「ヤマハ・フォークイン」レギュラーＤＪを担当
5. 4　銀座ヤマハホールにてコンサート
12.27　銀座ガスホールにてコンサート
'77. 4.　ラジオ関東「電撃わいどウルトラ放送局」にレギュラーＤＪとして出演
'78. 4.30　東京・渋谷公会堂を皮切りに全国35会場で初コンサートツアーを行なう
9.21　大阪厚生年金会館を皮切りに全国29会場でコンサートツアーを行なう
10.　大阪毎日放送ラジオ「ミュージック・マガジン」金曜日のＤＪを６カ月間担当
'79. 3.23　群馬県民会館を皮切りに全国34会場で春コンサートツアーを行なう
4.　ニッポン放送「オールナイト・ニッポン」月曜深夜第１部を担当（'87.3.30まで）
9.26　和歌山県文化会館を皮切りに秋コンサートツアー全国25会場で行なう
'80. 9.17　新潟上越社会文化会館を皮切りにコンサートツアー全国18会場で行なう
10.　大阪毎日放送ラジオ「ミュージック・マガジン」で昨年に続き金曜日のＤＪを６カ月間担当
'81. 3.24　富山県民会館を皮切りに全国29会場で〈寂しき友へ　中島みゆきコンサートツアー〉を行なう

10.　大阪毎日放送ラジオ「ミュージック・マガジン」で昨年に続き金曜日のＤＪを６ヵ月間担当

12. 2　小倉市民会館を皮切りに全国28会場で〈寂しき友へⅡ　中島みゆきコンサートツアー〉を行なう

'82. 9. 7　福岡サンパレスを皮切りに９都市13会場で〈浮汰姫《うたひめ》　中島みゆきコンサートツアー〉を行なう

10.　大阪毎日放送ラジオ「風の便り」のレギュラーゲストを６ヵ月間担当

12.25　新潮文庫より『愛が好きです』発刊

'83. 3.23　豊橋勤労福祉会館を皮切りに全国31会場で〈蕗《ふ》く季節に　中島みゆきコンサートツアー〉を行なう

10.　大阪毎日放送ラジオ「ミュージック・マガジン」で一昨年に続き金曜日のＤＪを６ヵ月間担当

'84. 2. 5　新潮社より単行本『伝われ、愛』を発刊

3. 9　宮崎市民会館を皮切りに全国43会場で〈明日を撃て！　中島みゆきコンサートツアー〉を行なう

10. 9　渋谷公会堂を皮切りに東京・大阪９会場で〈月光の宴　中島みゆきコンサート〉を行なう

10.13　ＮＨＫ芸術祭参加ドラマ「安寿子の靴」音楽担当として作曲・歌で参加

'85. 2.　高知県民文化ホールを皮切りに全国34会場で〈のぅさんきゅう　中島みゆきコンサートツアー〉を行なう

12.14～17　中島みゆきコンサート〈歌暦 Page 85〉を両国国技館で４日間、春・夏・秋・冬のテーマで行なう

'86. 3.　福島県民文化センターを皮切りに全国35会場で〈五番目の季節　中島みゆきコンサートツアー〉を行なう

5.　テレビ朝日系全国ネット「ニュースステーション」〈日本の駅〉コーナー・テーマソング『おだやかな時代』を作詞・作曲・歌で放映開始

9.11　東京・渋谷西武を皮切りに中島みゆきフェア「中島みゆき展〈おだやかな時代〉」開始、全国へ展開

9.12　新潮社より単行本『女歌』を発刊

11. 8　ＮＨＫドラマ『匂いガラス』音楽担当として作曲・歌で参加
11.27　朝日新聞社より単行本『中島みゆき全歌集』を発刊
12.18　中島みゆきコンサート〈歌暦 Page 86 恋唄〉を両国国技館で
〜21　４日間行なう
'87. 3.30　ニッポン放送「オールナイト・ニッポン」月曜深夜第１部の
担当、最終日（'79.4より開始　終了まで８年間担当）
5.29　扶桑社より単行本『ＬＯＶＥ』を発刊（オールナイト・ニッ
ポン編）
7.11　熊本市民会館を皮切りに全国34会場で〈MIYUKI NAKAJI-
MA CONCERT '87 SUPPIN Vol.1〉を開催
7.　新潮社より対談集『片想い』文庫で発刊
10.21　〈TOUR SPECIAL MIYUKI NAKAJIMA CONCERT '87
〜24　SUPPIN Vol.1〉を両国国技館にて４日間行なう
11.21　ＮＨＫドラマ「雨月の使者」音楽担当として主題歌で参加
'88. 3.22　ＮＨＫ−ＦＭ中島みゆきスペシャル、「喜怒哀楽」をテーマに
〜25　４日間番組を担当
8.29　ＮＨＫ−ＦＭ中島みゆきスペシャル、「手紙を出して下さい」
〜 9. 2　をテーマに５日間番組を担当
'89. 3　ＫＤＤ国際ダイヤル「001」コマーシャル、中島みゆきシン
グル『あした』で参加
3.18　宇都宮市文化会館を皮切りに全国40会場でコンサートツアー
〜6.26　〈野ウサギのように〉を行なう
3.27　ＮＨＫ−ＦＭ中島みゆきスペシャル「春いちばん物語」５日
〜31　間担当
4. 7　ＮＨＫ−ＦＭ中島みゆき番組レギュラー開始。毎週(金)21:15
〜21:55「ジョイフルポップ・サウンドアラカルト」
11.17　ロングコンサート'89〈夜会〉を23日間（20回公演）東京渋
〜12. 9　谷 Bunkamura シアターコクーンにて行なう
'90. 4. 6　ＮＨＫ−ＦＭ「ミュージック・スクエア」担当開始。毎週
（金）21:00〜22:30

ディスコグラフィー

※特にレコード会社の表示のないものは
キャニオンレコードからの発売です。
※'87年以降の曲は本書未収録です。

■アルバム

タイトル　CD番号／発売年月日

私の声が聞こえますか　PCCA00070 '76. 4.25

あぶな坂／あたしのやさしい人／信じられない頃に／ボギーボビーの赤いバラ／海よ／アザミ嬢のララバイ／踊り明かそう／ひとり遊び／悲しいことはいつもある／歌をあなたに／渚便り／時代

みんな去ってしまった　PCCA00071 '76.10.25

雨が空を捨てる日は／彼女の生き方／トラックに乗せて／流浪の詩／真直な線／五才の頃／冬を待つ季節／夜風の中から／03時／うそつきが好きよ／妬いてる訳じゃないけれど／忘れられるものならば

あ・り・が・と・う　PCCA00072 '77. 6.25

遍路／店の名はライフ／まつりばやし／女なんてものに／朝焼け／ホームにて／勝手にしやがれ／サーチライト／時は流れて

愛していると云ってくれ　PCCA00073 '78. 4.10

「元気ですか」／怜子／わかれうた／海鳴り／化粧／ミルク32／あほう鳥／おまえの家／世情

親愛なる者へ　PCCA00074 '79. 3.21

裸足で走れ／タクシードライバー／泥海の中から／信じ難いもの／根雪／片想／ダイヤル117／小石のように／狼になりたい／断崖―親愛なる者へ―

おかえりなさい　PCCA00075 '79.11.21

あばよ／髪／サヨナラを伝えて／しあわせ芝居／雨…／この空を飛べたら／世迷い言／ルージュ／追いかけてヨコハマ／強がりはよせヨ

生きていてもいいですか PCCA00076 '80. 4. 5

うらみ・ます／泣きたい夜に／キツネ狩りの歌／蕎麦屋／船を出すのなら九月／〜インストゥルメンタル／エレーン／異国

臨月 PCCA00077 '81. 3. 5

あした天気になれ／あなたが海を見ているうちに／あわせ鏡／ひとり上手／雪／バス通り／友情／成人世代／夜曲

寒水魚 PCCA00078 '82. 3.21

悪女／傾斜／鳥になって／捨てるほどの愛でいいから／B.G.M.／家出／時刻表／砂の船／歌姫

予感 PCCA00079 '83. 3. 5

この世に二人だけ／夏土産／髪を洗う女／ばいばいどくおぶざべい／誰のせいでもない雨が／縁／テキーラを飲みほして／金魚／ファイト！

はじめまして PCCA00080 '84.10.24

僕は青い鳥／幸福論／ひとり／生まれた時から／彼女によろしく／不良／シニカル・ムーン／春までなんぼ／僕たちの将来／はじめまして

御色なおし PCCA00081 '85. 4.17

ひとりぼっちで踊らせて／すずめ／最愛／さよならの鐘／海と宝石／カム・フラージュ／煙草／美貌の都／かもめはかもめ

miss M. PCCA00082 '85.11. 7

極楽通りへいらっしゃい／あしたバーボンハウスで／熱病／それ以上言わないで／孤独の肖像／月の赤ん坊／忘れてはいけない／ショウ・タイム／ノスタルジア／肩に降る雨

36.5℃ PCCA00083 '86.11.12

あたいの夏休み／最悪／F.O.／毒をんな／シーサイド・コーポラス／やまねこ／HALF／見返り美人／白鳥の歌が聴こえる

歌暦（国技館コンサートライヴ、CDのみでリリース）　D35A0273　'87. 2.21
片想'86／狼になりたい／悪女／HALF／鳥になって／クリスマスソングを唄うように／阿呆鳥／最悪／F.O.／この世に二人だけ／縁／見返り美人／やまねこ／波の上

中島みゆき　PCCA00084　'88. 3.16
湾岸24時／御機嫌如何／土用波／泥は降りしきる／ミュージシャン／黄色い犬／仮面／クレンジング クリーム／ローリング

グッバイ ガール　PCCA00085　'88.11.16
野ウサギのように／ふらふら／MEGAMI／気にしないで／十二月／たとえ世界が空から落ちても／愛よりも／涙—Made in tears—／吹雪

回帰熱　PCCA00008　'89.11.15
黄砂に吹かれて／肩幅の未来／あり、か／群衆／ロンリー カナリア／くらやみ乙女／儀式（セレモニー）／未完成／春なのに

■CDV

タイトル　**番号／発売年月日**

"中島みゆき　CDV GOLD"　E24A1001　'87. 8.21
ビデオパート＝見返り美人
オーディオパート＝①あたいの夏休み
②F.O.③やまねこ④白鳥の歌が聴こえる

■シングル

タイトル	CD番号／発売年月日
アザミ嬢のララバイ／さよなら さよなら	S10A0186　'75. 9.25
時代／傷ついた翼	S10A0187　'75.12.21
こんばんわ／強い風はいつも	S10A0188　'76. 3.25

夜風の中から／忘れられるものならば	S10A0189	'76. 7.25
わかれうた／ホームにて	S10A0190	'77. 9.10
おもいで河／ほうせんか	S10A0191	'78. 8.21
りばいばる／ピエロ	S10A0192	'79. 9.21
かなしみ笑い／霧に走る	S10A0193	'80. 2. 5
ひとり上手／悲しみに	S10A0194	'80.10.21
あした天気になれ／杏村から	S10A0195	'81. 3.21
悪女／笑わせるじゃないか	S10A0196	'81.10.21
誘惑／やさしい女	S10A0197	'82. 4. 5
横恋慕／忘れな草をもう一度	S10A0198	'82. 9.21
あの娘／波の上	S10A0199	'83.10.21
ひとり／海と宝石	S10A0200	'84. 3.21
孤独の肖像／100人目の恋人	S10A0201	'85. 9.18
つめたい別れ／ショウ・タイム	S10A0202	'85.12.21
あたいの夏休み／噂	S10A0203	'86. 6. 5
見返り美人／どこにいても	S10A0204	'86. 9.21
やまねこ／シーサイド・コーポラス	S10A0205	'86.11.21
御機嫌如何／シュガー	S10A0206	'87.10. 5
仮面／熱病 (2nd Version)	S10A0011	'88. 2.26
涙—Made in tears—／空港日誌	S10A0207	'88.10.21
あした／グッバイ ガール	S10A0240	'89. 3.15

■提供作品

タイトル **発売元／発売年月日**

ＬＡ－ＬＡ－ＬＡ／雨が空を捨てる日は '76. 6.25

歌・研ナオコ

強がりはよせよ／明日靴がかわいたら／雨が空を捨てる日は／ＬＡ－ＬＡ－ＬＡ／わすれ鳥のうた／あばよ（ＬＰ『泣き笑い』から）'76. 8.25

歌・研ナオコ

あばよ／強がりはよせよ '76. 9.25

歌・研ナオコ

笑わせるじゃないか／ほっといてよ　キング　'77. 3.21
歌・山内恵美子

ルージュ／帰っておいで　コロムビア　'77. 4.10
歌・ちあきなおみ

ルージュ／雨が空を捨てる日は／流浪の詩／帰っておいで／あばよ／うかれ屋（ＬＰ『ルージュ』から）　コロムビア　'77. 7.25
歌・ちあきなおみ

うそつきが好きよ　ビクター　'77. 9.25
歌・日吉ミミ

はぐれ鳥／ふられた気分で／さよならを伝えて／杏村から／かってにしやがれ／かもめはかもめ（ＬＰ『かもめのように』から）　'77.10.25
歌・研ナオコ

命日（ＬＰ『螢心中』から）　ビクター　'77.10.25
歌・日吉ミミ

しあわせ芝居　ビクター　'77.11. 5
歌・桜田淳子

別れのための子守歌《ララバイ》（詞・及川恒平）　ポリドール　'77.11.25
歌・桜木健一

追いかけてヨコハマ　ビクター　'78. 2.25
歌・桜田淳子

この空を飛べたら　キティ　'78. 3.10
歌・加藤登紀子

かもめはかもめ／ふられた気分で　'78. 3.25
歌・研ナオコ

さよならの鐘／髪　東芝ＥＭＩ　'78. 7. 5
歌・グラシェラ・スサーナ

窓ガラス／さよならを伝えて　'78. 7.10
歌・研ナオコ

みにくいあひるの子／こぬか雨　'78.10.21
歌・研ナオコ

20才になれば　ビクター　'78. 9. 5
歌・桜田淳子

世迷い言（詞・阿久悠）　ビクター　'78.10. 5

歌・日吉ミミ

20才になれば／化粧／時代／海鳴り／追いかけてヨコハマ／しあわせ芝居／おもいで河／朝焼け／五才の頃／おまえの家（ＬＰ『20才になれば』から）　ビクター　'78.10.25

歌・桜田淳子

雨…　ＳＭＳ　'78.11.25

歌・小柳ルミ子

さよならの鐘／朝焼け　ＣＢＳソニー　'79. 3.21

歌・夏木マリ

ひとりぽっちで踊らせて／海鳴り　'79.8.21

歌・研ナオコ

ピエロ　キティ　'79. 9.21

歌・根津甚八

化粧　ビクター　'81. 1. 1

歌・桜田淳子

ひとり上手／根雪（ＬＰ『恋愛論』から）　'81.11.21

歌・研ナオコ

すずめ　ワーナー・パイオニア　'81.11.28

歌・増田けい子

煙草／朝焼け　ＣＢＳソニー　'82. 5.21

歌・古手川祐子

ふられた気分／おもいで河　'82.12. 5

歌・研ナオコ

春なのに／渚便り　フォノグラム　'83. 1.11

歌・柏原芳恵

ボギーボビーの赤いバラ／あした天気になれ／わかれうた／海よ／ダイヤル117／バス通り／渚便り／髪／春なのに／夜曲（ＬＰ『春なのに』から）　フォノグラム　'83. 2.10

歌・柏原芳恵

美貌の都／ＳＣＥＮＥ21・祭り街（曲・筒美京平）　ＣＢＳソニー　'83. 3. 5

歌・郷ひろみ

比呂魅卿の犯罪（曲・坂本龍一）／美貌の都（曲・筒美京平）（ＬＰ『比呂魅卿の犯罪』から）
ＣＢＳソニー　'83. 4. 1
歌・郷ひろみ

海と宝石／霧に走る
コロムビア　'83.11. 1
歌・松坂慶子

カム・フラージュ／雪
フォノグラム　'83.12. 1
歌・柏原芳恵

りばいばる／誘惑／ピエロ／ふられた気分／捨てるほどの愛でいいから／雨…／かなしみ笑い／笑わせるじゃないか／おもいで河／ルージュ（ＬＰ『Again』から）
'84. 6.21
歌・研ナオコ

最愛／やさしい女
フォノグラム　'84. 9. 5
歌・柏原芳恵

最愛／アザミ嬢のララバイ／やさしい女／カム・フラージュ／雪（ＬＰ『最愛』から）
フォノグラム　'84.10.25
歌・柏原芳恵

ロンリー・カナリア
フォノグラム　'85. 1. 9
歌・柏原芳恵

命日
ビクター　'85. 6.21
歌・日吉ミミ

少年たちのように／愛される花愛されぬ花
ＣＢＳソニー　'86. 4.10
歌・三田寛子

儀式（セレモニー）
ＣＢＳソニー　'86.10. 1
歌・松本典子

未完成／空港日誌（ＬＰ『星紀行』から）
東芝ＥＭＩ　'87. 7. 6
歌・薬師丸ひろ子

涙（ＬＰ『歌手』から）
'88. 2.21
歌・前川清

あり、か（田中一郎ＣＤ『ＩＮ』から）
東芝ＥＭＩ　'88. 3. 5
歌・田中一郎＆甲斐よしひろ

おとぎばなし／時代（ＬＰ『Sincerely Yours』から）
東芝ＥＭＩ　'88. 4. 6

歌・薬師丸ひろ子

ＦＵ－ＪＩ－ＴＳＵ（曲・後藤次利）　'88. 6. 1

歌・工藤静香

証拠をみせて／さよならの逆説／ＦＵ－ＪＩ－ＴＳＵ／ブリリアント・ホワイト／裸爪のライオン（曲・後藤次利）（ＬＰ『静香』から）　'88. 7.21

歌・工藤静香

ＭＵＧＯ・ん…色っぽい／群衆（曲・後藤次利）　'88. 8.24

歌・工藤静香

肩幅の未来／な・ま・い・き（曲・筒美京平）　ビクター　'89. 7. 5

歌・長山洋子

黄砂に吹かれて／秋子（曲・後藤次利）　'89. 9. 6

歌・工藤静香

くらやみ乙女　ＣＢＳソニー　'89.11.22

歌・佐田玲子

365の夜と昼（曲・寺尾広）（ＣＤ『Loving You』から）

ＢＭＧビクター　'90. 3.21

歌・坪倉唯子

歌詞索引